漫游日记

舒新城　著

 中华工商联合出版社

图书在版编目（CIP）数据

漫游日记 / 舒新城著． —北京：中华工商联合出版社，2019.10
ISBN 978-7-5158-2562-5

Ⅰ．①漫… Ⅱ．①舒… Ⅲ．①游记－作品集－中国－现代 Ⅳ．① I267.4

中国版本图书馆 CIP 数据核字 (2019) 第 191001 号

漫游日记

作　　者：舒新城
出 品 人：李　梁
责任编辑：付德华　楼燕青
封面设计：北京聚佰艺文化传播有限公司
责任审读：于建廷
责任印制：迈致红
出版发行：中华工商联合出版社有限责任公司
印　　刷：河北信德印刷有限公司
版　　次：2021 年 8 月第 1 版
印　　次：2021 年 8 月第 1 次印刷
开　　本：880mm×1230mm　1/32
字　　数：170 千字
印　　张：12.875
书　　号：ISBN 978-7-5158-2562-5
定　　价：68.00 元

服务热线：010-58301130-0（前台）
销售热线：010-58302977（网店部）
　　　　　010-58302166（门店部）
　　　　　010-58302837（馆配部、新媒体部）
　　　　　010-58302813（团购部）
地址邮编：北京市西城区西环广场 A 座
　　　　　19-20 层，100044
http://www.chgslcbs.cn
投稿热线：010-58302907（总编室）
投稿邮箱：1621239583@qq.com

序

　　我自十六岁（一九〇九）因读曾文正之日记而学作日记，三十余年来很少间断。但以生活经验的关系，初期日记所记的，大概为课业之类。二十四岁毕业湖南高等师范而后，一直到三十五岁（一九二八），虽然在职业上有教书、任学校行政职务及从事教育著述之不同，但仍在教育圈子里过生活，日记所记述的，也脱不了与教育有关的事件，民国十七年夏改任辞海主编，十九年（一九三〇）入中华书局任编辑所长以至现在，虽然也是从事与教育有关的出版事业，但与社会各方面的关系较之纯粹从事学校教育及教育著述者远为复杂，因而日记所记的也由教育而扩充到一般社会及人事人生各方面的问题。

　　三十五岁前直接从事教育的生活，曾有自传式的我和教育详纪之。关于游历方面者亦有《蜀游心影》及《故乡》两书。此两书一记十三年由南京去成都以及在成都之闻见，一记二十年由上海返故乡（湖南溆浦）之行程，都是从书信中抽出，故均为书信体。不过我的游踪实不只此：国外如日本，国内如平、津、鲁、豫、江、浙各地，都有短期的考察或游览。因素写日记，所以所经各地，均有记载。不过初无意于写成游记，故所载均甚简单。兹因十七年秋由宁迁杭时，无意中将民八至十五年之日记失去，民八以前者亦以几度移居而散失（现在所存者只十六岁时之一全年）。对于十六年后之未散失者反增珍惜之念，而思有以整理发表之，以冀由个人生活的鳞爪中或可反映时代精神而为鞭策自己上进之工具，可是终以职务的关系不能如愿。年来因国难困居孤岛而稍有余暇，但以国难故而不能利用此余暇以从事所欲写的工作，更因国难而惴惴于个人生活史料的日记将难永远保存而更不安。于是以此仅有的余暇将近十五年来的日记略为翻阅冀从过去生活中得一些安慰。但在日记中发见当时所剪入的时事材料及修学治事处己待人的片段见解与考察游览各地的风习人情，每以时过境迁而恍似梦境。此固由于个人生活之变化多端，亦足以见时代变迁与历史演化的迅速。因就其中与社会风尚、时代精神、个人思想有关之重要纪载加以抉择，而分为漫游日记、史料偶录、人生杂识三类，命长女泽湘摘录之，得若干万言，因分三部付印；冀将十数年之生活鳞爪集在一处，以减轻"惟恐或失"的慄惧，非敢言著述也。

此册《漫游日记》共分四编：一为扶桑纪游，记民国十九年秋奉公司命赴日本考察出版业及教育的情形，二为北游杂记，述民国十年及二十年赴平津豫鲁考察教育的状况，（民国十年者曾发表于十年十一月上海时事新报学登从该报录出）三为江浙漫游记，述十九年至二十六年休假期中之远足与旅行的情形，四为香港六度行，则述二十七年至三十年困居上海因事不得不去香港的旅途概况。第三编所纪完全为假日游览，故每在文字上表现优闲自在，但亦最足反映国难初期中社会秩序之安定，各种事业之勃兴，亦即中华民族不畏强暴之潜徵。"八一三"而后，为着职责的关系，困居孤岛，回想往迹虽有时不免有天上人间之感，但悬想到国运前途之光明，便又怡然自得，预料在不久的将来，必能回复故我，社会的各方面必有更长足的进步。三年来日夕所梦回的青阳港的赛船，昆山的爬山，鼋头渚的听潮，玄武湖的操舟，庚桑善卷两洞的奇观，海宁武康之间的竹巷，雪窦的瀑布，溪口的竹筏，以及京、苏、杭、嘉、镇、扬、川、湘、平、津、鲁、豫等之旧游地，与久拟游而未曾游的其他各地的大好河山，必能如愿畅游。那时将更详写游记，以备再刊行一册《漫游日记续集》，以表现当时社会与个人生活的进步情形，以补偿我四年来困居孤岛的损失！

民国三十年七月一日上海

目　录

序

扶桑纪游

北游杂记

江浙漫游记

香港六度行

扶桑纪游

民国十九年九月十二日　　星期五

晴，今日起行去日本。

早七时，公司卡车即来车行李，因系短期考察，故仅携衣物数件，装成两箱。

七时三刻钱歌川夫妇来寓，同去虹口汇山码头。此行共七人：陆费伯鸿夫妇及其公子铭中与王瑾士、李暮、歌川及我；李与歌川均任翻译，歌川夫人为送行也。八时由家出发，妻亦陪送至码头，八时二十分到，当为摄电影数呎；八时三刻伯鸿等始到，九时开行。

船起碇时，留声机奏西洋乐曲，用无线电放音。

送者、行者各持彩纸，纸长数丈至十余丈，直至船行纸尽，再扬巾扬帽各与亲友道别，以至于彼此形影不见而后已。此情此境，日日演于黄浦江头，但我尚为初尝也。

船名上海丸，与长崎丸同为日本邮船会社航行神户上海间最速之二船，载重五千余吨，今日午前九时起行，明日午前十二时可到长崎，后日下午三时半可到神户。

船虽不大，设备还好：头二两等舱在第二层，每室一、二、三、四、五人不等，三等自十人至三十余人；第三层少数客室外，为吸烟室、交际室，均有书报纸笔；食堂在第二层，可容百数十人。此次客人不多，全船不过百余人。每日西餐三顿、午茶一次，小孩则由保姆照料沐浴饮食等事。三等舱日人占十之九以上。

船出长江口后，风浪渐大，十二时后，西风迎面而来，船颇颠簸，同行者均未晚餐，瑾士、伯鸿夫人并呕吐。六时半见海上落日甚美，起而摄影数张。夜虽就睡，但又热又荡，颇不舒服；不过在同行中，尚以我为最好。

十三日　星期六　晴

早六时，伯鸿即来室催起床，谓海景甚好。起至休息室稍坐，即早餐。饭后眺望海景，略似舟山：盖群岛隐现，石礁矗立，已入日本海了。自长崎海口至门司，均为日本要塞地带，不许摄影，故仅能眺望而已。

从上海至日本内海后，即用日本标准时而提早一小时，故早起看表为六时，船上已为七时了。内海多港，故船行平稳，有如在长江河中。照常例，午前十一时半可到长崎，因昨夜逆风，故下午一时半始到。同人均上岸乘人力车闲游，至四时半方返。

长崎依山开埠，蜿蜒如蛇，其形势赴日游历指南录赖山阳一诗，很能描绘逼真，转录如下：

"一分是海二分山，夹海山为碧玦湾。

官楼蛮馆家万户，高低山色海光间。"

人力车在日本惟乡间及小埠有之；长崎商业虽很发达，但不能列于日本大都市之林，所以人力车还是与汽车同时通行，车轮大而车身高，较上海者至少高大三分之一，故推行甚慢。取价一定，每小时日金八角。故我们七人游三小时，共车费十五元，合国币近三十元矣。

初到大德寺，寺依山建立，已数百年。顶礼者不少，惟仅行礼布施，不烧香烛。寺外有通天阁，日人而营中国料理（菜馆）之商店。瑾士因病未午餐，趋入小食，久候彼不出，乃并上楼，叫数菜共食之。则一切均日本式，惟菜味略似我国，食时每人予新筷一双，每筷之中藏一牙签，以纸裹之，纸上有签语一，以卜吉凶。二时去崇福寺，寺为我国人所修，内有施粥大铁锅一，直径近丈。三时去诹访神社，为日本国家神社之一，依山延半里。旁有公园及图书馆，我们饮茶其间，远眺海景山色，风光极好，只惜不能摄影。四时下山，在轮埠购现成照片数十张。五时起碇赴神户，伯鸿之帽在岸遗忘，以其头特大，无处可购（所失系由德国友人在德特制者）故起碇后，特电长崎警察代寻。此行有数事可记：

一、车夫七人，每游一处，有一人为向导，对于各处情形，指示甚详，而态度极谦逊，对于各地之历史与特点尤能提纲挈领，择要说明。到诹访神社，由前门进，后门出，引导者之空车由其同伴代为拉去，我们杂物也由他们代为保管。且在途中休息，有两人手不释卷，阅览晚报及杂志，教育之普及，可以想见。

二、在诹访神社下，见一乘脚踏车者，因让我们的人力车，驶向学生群中，将一年约十五六岁之学生撞着；该生衣服虽被污，但并不生气，只回头望着；乘车者则依车向之行礼，该生答之，略无争执，各自前行。

三、日商人待顾客，礼貌极周，一进店门便叫欢迎。无论何物可以自由翻阅，乃至不购一物出门时，店员亦必行礼，说声"多谢"。非如我国南方商店之轻蔑无礼。到埠交付车钱时，各车夫亦复鞠躬为礼，全无争持。

十四日　星期日

上午晴，下午雨。

午前船过下关之后，风景甚佳，经过岛滩甚多，名称不能尽记，亦不能尽举，据指南所载如下：

"船过马关关门之后，风景渐入佳境，先过周防滩、伊豫滩、复过来岛，来岛系濑户内海最狭之地，两旁高山耸立，最大最快之轮船，亦需以最慢速度，牛步通过，颇觉另有兴味。来岛已过，所谓轻舟已过万重山，却依旧在千百小岛——波节岩、半岛、綱岛、小槌岛、女木岛、男木岛等——中通过。过诸岛后，前途豁然开朗，左首小豆岛，右首四国山脉，宛然一幅图画。将到神户时，可以看见明石古城，更有须磨舞子，海边怪松，尤为名胜。"

午餐后，海关派有专员在船检查行李。成年者每人可带雪茄五十支或纸烟百支，酒六瓶；其余绸布等物，每人一件。因带送人之绸达二十八匹，关员虽知非商品，亦坚欲纳税，税金与货价等。

初议在神户住一夜即去东京，故下午三时半船到埠前，即将行礼交东方旅馆接客者。不料到埠时，日本同业及有人之来接者甚多，歌川之兄慕班亦到。大阪黑越油墨公司并派专员二人雇定汽车接往大阪。不得已，于四时一刻起行，五时一刻到大阪，寓堂岛旅馆。

自神户至大阪百有余里，汽车虽须一小时，但急行电车只四十五分。街道整洁宽敞。市区以外，虽系乡村，但沿途仍有商家。路之两旁，空地甚多。到大阪则烟突林立，天空如雾：盖此地为日本第一大工商业地方也。

旅馆共八层楼，建筑与设备完全仿西洋式，不过各种材料最大多数为日本自制，不如我国之道地的仿效也。若不计汇水，房金价格与上海略相等。（我与歌川两人住双铺，日七元）。

到旅馆后，除黑越之两人外，并有他家同行（有自东京来者）代表来访，周旋颇为费事。六时晚餐于旅馆后，留伯鸿在寓应客，我与歌川慕班外出，至大阪最热闹之街头心齐桥大丸百货店购文具及日文辞典。

街上行人往来如织，交通器具概为电车汽车。出差汽车遍街皆是：二哩内五角，市内一元，招手即来，无欺假。各种设施略似上海，惟路宽而不甚平。可是一切都系日人自己经营，非如上海之权操外人也。

昨夜在船上，拟将见闻之重要者写给湘等，先将稿寄吴翰云请其先录出在《小朋友》发表，再送给家中，当写成序言一段。照今日情形，恐不能继续也，夜伯鸿因伤风发热咳嗽，不能睡，十二时半为之按摩一小时，始渐入睡。

十五日　星期一

晴，午前九时，黑越即雇定环城周游公共汽车一辆，伯鸿因病未去，余均同行。

九时半至川口天华俱乐部早点。天华为完全华人所开之菜馆，有亭榭花木，月租五百元。据云生意很好，但菜极贵，二十元一席，不及上海十二元者。

公共汽车之卖票均为女子，年龄很轻，不着和服，而着高跟鞋。制服略似数年前中国女生，短衣、对襟、结领，下着褶裙。她们都受相当教育，路上经过各地，都口讲指画告客以地名、建筑物名称、及其组织情形。每到一处，并下车引导解说。

出天华首到住吉神社。社在市南，为国家神社之一。地址甚广，外面临街，概为短朵石墙，墙内小石塔甚多，塔下为石基，基上一方柱，刻"献灯"或"常夜灯"等字。柱上立一方形之小灯塔，其中之灯均为信士所献。

进门，树木寥落，地极幽静，游人甚多。空野之中有一大树，高十余丈，为半鼓形，中有四段小陷，可据而上；过桥为坪，再上为神殿，男女之敬礼者络绎于途。

次去天王寺公园，园在市之东南角，为市内公园之最大者：有动物园、体育场、儿童游戏园各种设备。动物园每人收费五钱，公园任人游览。体育场之练习球类者极多；儿童亦不少。

再次去天王寺：寺距公园约里许，为唐时圣德太子所造，传佛教入日本最早四寺之一内有大梵钟一口，长二丈六尺，直径一丈六尺，厚一尺六寸，重四万二千贯目（每贯目六斤）。有放生池：乌龟满池，休息池中石上者以千计；有宝物馆：藏有历代名僧写经及佛画雕塑百数十种，大半为中国所传入，在佛教史上颇有研究价值，惜我不习佛学，仅向僧人购一四大天王纪念印而归。

午后一时至白木屋午餐，也是八层楼的大建筑：洋食中食取价均五角，和食四角。我们食中菜，每人饭一碗，一汤两菜，并不贵于上海。女侍均少年，皮鞋洋服，招待殷勤，不收小账。

三时半去大阪城。城为丰臣秀吉所造以对抗幕府者。现为军事要塞，内驻兵藏军器甚多，日人视为要塞地带，不许摄影，但听人民自由入内游览；于门外购得照片数张。

城中最特别的为巨大之石头，全城均以石砌，通常都是长丈余二丈之石；进二门有大石一方，可容三十六铺席子；其面积之大，重量之重，在现在亦不易运输，而况在数百年前。由此可见皇室之力量。

三时半返寓，伯鸿室中高朋满座，有川岛贞子者，川岛机械商主人之夫人，现任《朝日新闻》记者，与伯鸿为相识，介与一谈，其常识与态度均好，约明日下午去参观朝日编辑部文库。伯鸿因伤风未愈，同其夫人等去宝塚温泉休养。王李与我同行，十二时方返。我与歌川晚餐于天华，点菜三样，费三元半。

出天华后至心齐桥，街上漫游，见柯达电影机价甚廉，F1.9镜头百尺箱，在上海售美金一百五十元此间仅售日金一百五十元，几廉及一倍。照片每百尺十元五角，亦比上海为贱。但普通照片及照相机则贵于上海约三分之一；原因如何，不得而知。

街上新旧书店极多，而且均有人满之患，所谓案内及绘叶书（指南，名胜片）尤到处皆是；街头巷口，常有女子设小座发售。由此可见其人民对于国情民俗之熟悉，与其宣传之重视。

十六日　星期二　阴

早九时，黑越招待员横内同其顾问大阪工业大学教员横田荣佐来。早点后，九时五十分，乘旅馆汽车同至王子制纸厂参观、此厂为大阪最大纸厂之一，关于印刷及日用之各种纸张均能制造，原料与机械亦大半采自本国。十时一刻到厂，由其工厂长引导参观。自放水、分析原料（旧布纸屑），溶化原料以至制成纸张，均逐步看到。工场建于二十年前，虽亦合用，但尚非最新式者。不过其空气光线与救火设备还算完备。

因不景气之影响，厂内机械多停止，工人据云有三百余人，但今日所见不及此数；且有数处，好似为应付我们而临时召集者，其待遇尚不及我厂：每日工作男十一小时，女十小时（连吃中饭时间在内）已较我厂为长。夜工工资亦照时间计算，不加津贴。辞退员工照法令只须先两星期通知（我厂两个月），疾病则由厂中健康保险中支付六个月之六成薪金，公司不直接负责。月薪平均每日两元半。

一时回寓午餐。招待员不离左右，酬答费事，休息不能，而瑾士最苦：盖此辈与我不相识，非有要事各部，再由各部编辑员编辑，交部长阅定，送整理部汇齐整理，最后交由局长核阅付印；调查部专司剪贴各种报纸杂志。其分类法概用五十音排列，于各人照片则在"音"指导卡片之下照音序列各人名，并编一专用号数；此号数与材料贮藏袋者相同，遇编辑员需用某人之照片时即由其开一单，由调查课查出交去；其已制之铜板亦照此分类编号贮藏，故检查甚为便利。此外，尚有出版编辑部专司丛书年鉴等之编印；有计划部，司改进及游艺等事，均直属于总务局。调查部另有文库，系图书馆性质，在社之西隅。虽同在一建筑物之中，但藏书楼用通气法，即楼底川钢条间开，不用水泥木板，设置俨然一小图书馆。藏书三万余册，分类用杜威十分法，新书甚多。社员均可借用。

每日将文库与图书馆并为一处，此则分而为二，相距甚远，为人员及检查便利计，每日之方法较好也。

今日虽曾参观二时余，但一切方法，殊少可采取之处，第一因其性质与书业编辑所不同，第二所用之分类整理等方法甚简单。但有一事可取，即局长室设于编辑室之一端，门与桌案均同于各编辑员所用者，仅于门上以短屏隔之；局长对于全部同人既可一目了然，便于监督，而接洽事务，又可保持相当秘密性，而不扰及他人。

五时半回寓后补写昨日之日记：七时，小林（黑越招待员）由神户将以前因税率问题之杭绸二十二匹（每匹纳税十二元与值相等）携来。晚餐后，并由其请至本市最有名之道顿町松竹座，（有两电影场，一小歌剧场）看电影。一等取费二元，二等取费一元二十钱。片名 The Pagant, True to the Nature，均美国产。第二片颇有名，为 John Russell 所编，意在赞美土人之真挚，揭破文明之虚伪。其中有名言两句：

"You can steal property by law, but can't steal love this way." "The native's only God is nature，The native's only law is love."

歌剧名レゲウェ民谣の旅，述美国女子旅行日本所见之各种民俗，西条八十作歌，中山晋平作曲，松竹乐剧部女生表演。共八幕，音乐在民谣方面，纯用日本之旧乐，余采西乐。全场最后动员达四十余人，费时达一小时，在他处可成为一独立之歌剧，故取费虽贵而不算贵也。日本影戏场，每演一次，时间继续七八小时，周而复始，观者可随时入座，以看完一圆周而止，故甚便利。

二十日　星期六　晴

午前七时起，补昨日日记。

十时参观森田印刷厂，以凹版著称，设备颇旧，十一时半即返。

十二时，伯鸿等自宝塚归。下午一时半同去参观精版株式会社。此社为日本精版印刷所之最大者，工厂设备很新，光线均取北向，有抽气换气装置。客厅之设备甚精美，有贵宾室一间，尤为华丽。据云，皇室贵族常来此参观，故有皇族椅、贵宾椅。我们由其专务取缔役招待入贵宾室，款以茶点、咖啡；参观工厂全部，历一小时余，坐谈亦近一小时，四时出社，并由该社摄一影，我则摄电影十呎。

六时半川岛夫妇宴于本店，完全日本海菜及日本礼节。日俗，客人愈闹，主人愈高兴，故伯鸿讲话特多。九时出，至心齐桥购电影片一百呎，并图案数本，以图案画册赠叔和。

商决明日去奈良小游，后日去东京。

二十一日　星期日　晴

午后十时，黑越招待员邀游赴奈良。乘急行高架电车，只三十五分钟。途中经生驹，穿地洞数处，车行均在五分钟以上。

十一时半到奈良县，街市建于丘陵之间，但汽车到处可通。今日为星期，各地往游览者极多，每次电车无隙地，汽车亦感缺乏。出站后，乘汽车赴奈良公园，三分钟即达。初看博物馆，藏佛像佛刻极多，大半为唐时故物。此外古兵器、彝器、及新发现之古物亦不少。陈列室凡十三间，每间占地五六方丈，有专人管理。物品之入其内者，均称国宝。购照片数十张及瓦文一册，共费十二元余。

馆在公园内：公圆周数十里，树木苍郁，有如崇林。到处辟马路、通汽车。并有公共汽车周行其间，游人极便。奈良以鹿称，公园中有鹿八百余，极驯善，遇人不避，且迎面点首求食。有专治鹿食者，以径三寸之圆饼出售游人，游人以之饲鹿，鹿食之必点首为礼。更有饲鹿者，以洋芋为食料，每给食时，吹号召集，各鹿闻号，齐集聚食。摄电影二十余呎。

至东大寺，（门券每人十钱），寺之建筑概用木材，高十余丈，建于一千三百年前。有铜大佛一尊，高五丈余。大正间将寺重修一次，费百余万元，其伟大可知。购小铜佛一尊。

再去春日神社，亦国家神社之一。树木更苍葱参天。道路概以石砌，路旁之灯塔连绵不断。社中有一古树，同根生十余种树枝，亦奇观也。

五时，黑越宴于山间之月日斋，为奈良最上等旅馆，建于半山之上，四面皆树木石山，清气袭人，俨然世外桃源。房屋纯日本式，设备则参以西式。有弹子室、钢琴室等等；菜则日式。照日俗，宴客先请洗澡，七时入席，招艺伎八人，歌舞喧笑，概为谣词，铭中亦演太极拳及麻雀与小孩等数出。摄电影十余呎。九时半方返，十时到寓。收拾行李。一时方寝。反光照相镜开关损坏，久修不好。

二十二日　星期一　阴

午前九时二十五分由大阪乘超特急车（最快车）赴东京，上午八时到站，同行欢迎者数十人，大概为油墨印刷商而无出版业者。当由其接赴东京ステーションホテル（东京驿旅馆）住宿。东京驿为各种车辆之终点，火车、电车、汽车终夜不休。火车、高架电车到站与开出时间均用扩大机报告，骚扰不堪。因昨夜在奈良受寒，喉痛，夜不能眠。

到旅馆即由马场代交公司寄来之信四件，内附各处来信十余件，当一一批复。叔和有函一，谓楫拟游峨眉后由成都东下。湘女一函，告家中近况。

东京自地震后，一切建筑均西洋式，高楼有十余层者。街道尤宽，干路有宽至二十丈以上者。

二十三日　星期二　晴

午前同伯鸿瑾士等赴昨晚迎接各家回拜。因喉痛，颇不舒服，除公司信件外，家信亦未写。下午三时同李暮至丸之内崛内医生处诊视，服药两次，效力甚少。

四时半赴油墨同业欢迎会。会设于东京最大之日本菜馆万安楼。日俗宴客必招艺伎，此次除艺伎外，并有杂耍。杂耍团共五人，二人司鼓与三弦，一人打杂，二人出场。滑稽对白外，有茶杯、茶壶、球滚伞诸艺，手法甚高。杂耍前有印刷杂志主任郡山演讲半小时，仅以样张述其现象，颇平凡。席间由马场致欢迎词，伯鸿答词。当摄一影，席未终，照片即印出分赠诸人。万安楼并赠手巾一条，该楼摄影一册；并由菱田请我们书笺为纪念，我为"文化先驱"，并代瑾士书"光彩焕然"各四字与之。九时半返。

二十四日　星期三　晴

午前十时同伯鸿、歌川访汪荣宝公使及留学生督监王克仁。汪他出未遇，在王处谈半小时。当决定我与歌川迁居。至神田区芳千阁订好房间，一时返寓，三时即迁入芳千阁。此处日书店甚多，夜市中书尤多，夜与歌川至三省堂购书数十册，又两次至夜市购书数十册。夜市之书均系小贩摆摊，书上标明价目，多购亦略有还价，惟不能多减耳。各书贩所贩之书略有分类：有专售画片者，有专售小说者，有专售教科书或辞书者，惟大部书颇难得全备，选就后送到取值。

夜餐于中华第一楼，神田区最大之中国菜馆，为广东人所经营者，一切照中式布置，惟参用日本分食方法耳。菜外并售点心。

二十五日　星期四　晴

午前八时王克仁夫妇及其事务科科长张梦麟来访，克仁坚欲请晚饭，以有他事请其改至双十节晚上。十时同伯鸿、瑾士、歌川访三省堂出版部长龟井丰治及渡边六郎，二人均于上年赴沪相遇之旧识。约定三十日下午参观三省堂各部分，并应其晚宴。

下午同伯鸿、瑾士等参观秀英舍，由马场、菱田、滨田三人引导。该舍为东京四大印刷厂之一。以不景气之故，昨日谢绝参观，今日因马场等之交谊，又复允许，但工厂工作甚少，有四分之一未开工。厂之设备与建筑，亦少系统，凌乱处较吾厂还过之，不过范围甚广大，各种印刷均有。和文排字用打字机，尤为特色。三时出，直至《经济杂志》印刷厂。该杂志为旬刊，印刷亦用卷筒机（机为滨田所制），其销数之广，可以概见。

喉痛仍未愈，回寓后，即决定明日与歌川先去日光休息，盖明日无主要工厂可看，马场宴于横滨，吾辈可不到也。

二十六日　星期五　雨

午前七时半即起行，乘八时二十分车去日光，十时五十分即到。沿途风景甚好，时在松林中穿过，幽邃异常，路旁稻田遍野，丘陵如画，日人称日光为世界名所，确有道理。到站乘汽车至日光神桥，寓小西旅馆。到日十余日，今日始住日本旅馆，一切设备均日本式。客到馆，主人及下女均叩首为礼。房金每人五元，供早晚两餐。我因不食生鱼，嘱其改用熟者；饭尚可食。夜间被褥，垫一盖一之外，并有厚棉寝衣。此间已入高原，温度较东京低十余度，晚间为六十二度，天将明时只五十四度，故厚被亦甚适用。因天雨不便摄影，下午仅在小店购小孩玩具及照片零作等，共费十六元。湘等需要及偶然送人之件，大体已备。

晚餐后去神桥一带闲游，自东京至中禅寺有电车直达，（在日光换车），自日光至汤元温泉有公共汽车可达，各车每四十分钟一次，交通极为便利。夏间及十月看红叶时游人极多。

神桥为日光胜景之一，右首有东照宫，留待伯鸿等到后再去参观，故仅在桥旁瞻望。神桥现封锁不通行，桥下为溪流，清澈如镜，潺潺动人；旅馆可望水流，可听水声，静居其间，故乡龙王江之旧印象一一浮于脑中，不知何时再能饱览故乡风味也。

下午致妻一函告以现状，并致湘等及恂如各一画片。

二十七日　星期日　晴

午前九时将神桥及旁边之小学及其学生游戏摄入电影。寻步行去车站接伯鸿等，途中经过茂林、街道（近车站）亦一并摄入。十时五分伯鸿等到；即雇车直赴汤元温泉。平时每次每车需十五元，现因不景气与时间稍迟两原因，在途中等候三小时，每次仅十元。

十一时二十分，从小西旅馆起行，经过神桥，即逐渐入山。两车均为福特山车，故上行尚可每小时行十五至二十里。日光有瀑布八处，最佳者为华严泷，高四百尺；十二时达到。有新组之公司设梯于其上，梯间离地三百二十五呎达泷，每人来回收取四十钱，本年八月十六始落成，我们来此，可称机遇。

电梯底有隧道长十余丈，道旁置寒暑表一，为华氏五十度，较平地低十余度。出隧道，再下降数十阶，有小休憩室两间；游人伫立其中，流水自对面倾盆而下，声如雷鸣，溅于石上之水，飞散空中，扑人如雾，沁人心脾，一般游者多到此而止。再扶悬崖、沿乱石而下又三百呎，达瀑底，则惟有水声轰然，水沫雾罩；对面不闻人语，不见人形。到此者均留照片为纪念，视为难事。同行惟我与李、钱三人至底。摄电影三十余尺，照片数张，徘徊半小时，复乘电车上，由车夫引至左方离数百步之小休憩所，可远望瀑布之源。

华严泷为日本最高之瀑布，瀑头一泻即有四百尺，连下面之曲流，共七百余尺，在世界胜景中亦称奇观；而水之清澈壮丽，更是令人陶醉，故日人之"心中"（情杀）者多从此坠下，以完其贞美之愿：

胜境实足引人也。

看毕，乘车历十分钟即抵中禅寺湖边一旅馆午餐。中禅为古寺，建于湖边，湖即以寺名。湖周数十里，四面皆有苍葱高山，烟雾不绝，湖水即由各山而来。寺在湖之西，汽车可直达，湖南为通汤元温泉之大道，市房栉比，蜿蜒数里。湖水清澈可鉴，由小划及小汽船供客赁用。寺中有宝物馆四间，藏佛教旧物，游人参拜者纳银十钱寺僧随处解说。惜于佛教之修养太缺，未能得其益处。

由中禅寺折回向汤元温泉进发，沿湖行十余分钟，始尽湖周之三分之一。沿湖树木茂密，汽车穿行其中，为树荫所蔽，不见天日，诚胜景也。离湖沿未几，即抵龙头泷，为八瀑之第二大瀑，长亦四百余尺；惟曲折多，直泻短，故远不如华严之雄壮。再行十余分钟到战场原，平地方数里，草木枯寂，盖为沙粒地也。又十余分钟即见又一湖，蓄水山中，清澈如恒，惟大不及中禅寺五六分之一，且有山丘拆而为二，故尤见其小。胡尽处即有旅馆多所，我们息于靠湖之南面旅馆。房间为日本式，设施有纯日式者，有带西洋式者，伯鸿等及瑾士住日本室，我与李、钱住西洋室。房膳金每日每人五元，供早晚两食。

到寓正四时，我因摄影特一人外出，沿湖漫步。湖水之泄发地即为汤治泷；日光八瀑之第三大瀑也。高四百五十尺，宽百尺，因其曲折多而宽，故雄伟亦远不如华严。由小道达瀑底，曲折难行，攀援上下，颇非易事。一人独至底边小坐，万念俱寂，惟有楫之形影占据全部心意。楫最爱水，果同行者，当可对坐终日也。

六时晚餐，饭菜远胜小西旅馆：盖此间房地较廉，故饮食较丰。饭后无事，与伯鸿夫人及瑾士，李暮等打麻将四圈。日本规则不赌输赢，每玩一次，收租费一元，胜者不出，次胜者二十钱，再次胜者三十钱，负者五十钱。

夜购照片数十张，费两元。在大阪、奈良之照片已洗出。

喉痛稍愈。夜雨，室内温度六十度，夜间只五十二度。

此间旅馆均有温泉浴室，温泉之硫磺气味颇浓，游客来此多以温泉浴为目的，每日照例两次，男女同在一浴池，裸体出入视为常事，且女子擦背亦由男子任之（亦有女子专任者）：盖日俗本如此，习惯后对于两性之神秘，反可因此打破而少出无谓之纠纷也。

二十八日　星期日　晴

早七时半入浴，八时早餐，早餐后看温泉源，即在离旅馆数百步之山麓；硫磺气味熏腾，水沟概为硫磺白色。水源凡三处，均以小木栅蔽之。水之温度一百四十度，接入浴池后，必参冷水，始可入浴。

九时三十分乘公共汽车至中禅寺闲游。因想摄影，与歌川二人单独成组，沿中禅寺向北沿湖进。于小道茂林中行三十分钟，经英使馆达 Baty

别庄，因欲午餐而归，沿湖行不及什一也。下午一时半，在湖头大阪屋旅馆午餐，食鸡一味，共费两元。及取款付账，则皮包里面之三百元，（或为二百九十五元）不翼而飞，殊为奇怪：盖昨日在小西旅馆时曾看过，到此后，除洗浴外，皮包均不离身，且外面之零数三十余元，仍丝毫未动，独失此一笔巨数，真有不可解之处。去大阪时，瑾士亦失去二百六十元，其情形与此相似，两事又相类如此，真奇事也。乘三时公共汽车返寓，当将经过情形告伯鸿与瑾士，研究结果，亦无办法，只得听之而已。

夜饭菜特合口，食饭三碗，且睡甚酣，为到东京以来所未有：俗语所谓"蚀财人安乐"，于此偶验之矣。

午后瑾士交一函，系楫于九月一日白眉州所发者。谓精神甚苦，日日望信，我竟因忙，十余日不写信，甚为失望；并谓九月底起赴平，望到平时看我信。言辞之间若不胜其忧愤。我们真所谓"不是冤家不聚头"。一月来我无时不为她所苦，亦无时不思有以解决之，但至今想不出好方法也。下午本拟复一函，因倦而止。夜雨，温度如昨。

二十九日　星期一　晴

前日约定汽车十一时半来接，今晨九时半即来：盖生意清淡也。仍十一时半起行。将达到中禅寺湖，有养鱼场，车夫引导一览；其蓄鱼设孵化处，由孵化后再按其成长之大小，依次放入各池：概系青鱼，据云鱼种系由美国运来。此间树木苍翠，绿荫蔽天，泉水潺潺，有如天籁，入其间俨然世外桃源。历十余分钟而出，再经中禅寺华严泷沿山而下，车从树叶中通过，青气冷气逼人，闲坐细玩，神为之夺。

自汤元温泉，乘汽车直发，本一小时可达，今日因看养鱼场及在战场原前途汽车陷入泥中，费时二十余分，下午一时十分方达日光町，即餐于神桥旁之日光食堂。饭后我与歌川至东照宫门外眺望。过神桥沿石级上，杉树合抱者兀立两旁，阴不见日，幽邃已极。拍电影十余尺，轮转机忽不能动，或系装片时之错误也。因时间不济，未入宫也。

乘四时二十五分钟车起行，六时四十分即到东京，较去程还少十五分钟：盖日光地高，去为上行，来为下行也。沿途树木成林，晚霞映射，俨然画图从窗中望去，云树之变化极奇丽，二时余之时间，完全费于观览晚景中。

到站，菱田滨田等均来接，当同车至ステーションホテル，得公司三函，小孩一函。公司无他事，只是报告近状，并欲购五线谱铜模一副，当商伯鸿购备。宴菱田等于中华第一楼，十一人费三十三元而菜不能吃，其贵可知。上海报已到至二十五日，饭后仍寓芳千阁。

三十日　星期二　晴

午前去丸善书店购西文书；店在东京桥，营业分两层，下层为日本书，上层为西洋书，英、德、法、俄文书均有，而以英文者为最多。并辟美术间，陈列各种美术印刷品，中文者不少。旁有休憩室、食堂店面在一亩以上，书籍分类陈列，任人参观。选定数千种留一名刺存于其间，俟明日再选定去取。

下午一时去三省堂，因伯鸿等有客，直到一时半方来。由其出版部长龟井丰治、课长平井四郎、调制课长渡边次郎、社长兼营业部长龟井寅雄等招待。先由平井列表说明全部组织，于"重役秘书"之下，分编辑、出版、总务、营业、小卖、印刷六部及市内营业所与大阪支店。其最与中国相反者，即编辑与出版两部在名义上虽属平行，但实际前者完全受后者之支配。编辑分第一编辑，司教科书，第二编辑，司英语，第三编辑，司辞典，在外编辑则特约性质也。出版部分企画、出版、调制、校正四课；编辑部专司辑稿，一切书稿之计划与稿件之收退，其最后决定属于出版部之企划课。此课由各部主要职员组织委员会，遇有要事，开会商决。出版课司发稿校对（最后校对仍由编辑部担任）等事，调制课司印刷、装订、重版等事，校正课司成书后之检阅等事。总务部分庶务、计理、会计三课，计理司成本稽核，但亦无良善办法。营业分贩卖本部及贩卖、宣传（广告）、仓库（栈房）、样书四课。吾局则以宣传（广告）仓库（栈房）属总办事处，而以会计直属总经理，是其异点也。编辑部即设于营业部之楼上，仅四间，二十余人，参考图书即置壁间，为数甚少也。印刷所在大森，离营业部汽车六十余分钟。三时半去大森看其印刷所，房屋系地震后新建，为临时性质，颇简陋；惟地面甚宽，其一切设施，亦甚平常。由其工厂长江井贯一等引导。四时半毕，至浅草福井楼宴会，龟田丰治着中国衣服与各部长招待，并于席前放其在中国所摄之电影娱乐来宾。对于吾局之摄影甚好。据云在中国共摄五千五百呎，今夜只放四百呎。因此我亦决定多摄，备将来可娱日本同行及各地宾客。九时半方归。

得楫九月六日自家所发之函，谓五年梦想的家乡快乐，到家而后一无所有，精神上之苦痛，与在北平时一样。且于四日接我信，极感不快，至全夜未眠。又不知其家庭中有何变故，一切思潮也都一一涌现于脑中，而和她一般地一夜不能安眠，真难解也。

十月一日　星期三　晴

午前七时即起，补昨日日记。八时克仁来，漫谈彼此生活：他对于政治职务甚感苦痛，拟辞职回国从事著作。九时二十分方去。

今日为日本国势调查日，故八时即由旅馆将旅客之履历详写一过，九时一刻并有警视所派员查询。但态度极谦逊，且为便服（与国势调查无关）惟询问甚详。十时由横田菱田带领参观日清印刷公司、美术印刷公司。日清分两部，铅印管理设备均平常，彩印房屋极狭，但管理甚好。美术仅彩机十二部，六年来均日夜开工，工人只八十八人，其效能在全国算第一。工厂甚少，但清洁为到日以来所未见。

工友亦极有精神。二时至横田本厂看其制印刷机；（平板机、轮转机均能制造），共有出品十六种，现在日本印刷界多用该厂机器。其工厂设施之最足取取法的，为水汀炉埋于地下，利用温度上升，燃料省而效力大。二时至大隈会馆，即在早稻田大学之对面，内为花园式之布置，有屋数间，藏大隈之遗物。明治二十二年他被炸时所毁之衣物均在，馆中有其夫人铜像，他的铜像则建于大学中。学生往来如织，均制服而有英气，非如我国学生之少爷派头十足也。均以电影记之。

三时半至凸版印刷公司，此公司为东京印刷厂之最大者，设置甚好。其照相网目版五十四吋者有五块之多。由其社长井上源之丞导引，历一时余而毕，夜由滨田招宴于浅草草津亭，一切日式，八时十分即返。写日记；与歌川商定明日工作，因克仁于下午带来日华学会介绍书七件，备参观学校及图书馆之用也。

照片洗出四打，只三张不可用。

复小孩等一函，告以近状。

十月二日　星期四　阴　夜大雨

八时至伯鸿处，彼等决定去誊写堂参观。我们本想参观学校，因前日约丸善昨日去购书未去，故今日特去选书。自八时半至二时，始将应购之书约略选定。此次所购之书各科目均有，而偏重于文艺及辞典方面。账须明日结出，大概当在二千元上下也。出丸善至松屋吴服店购晒银瓶五个，一大者留用，小者送人。楫若经沪，当送其一。并购零件数事，送礼之品大概具备也。

十月三日　星期五　阴

午前八时，丸善送签字单来，共购书约四百册，价一千八百零数元。九时三科同至共同印刷社参观。共同为日本四大印刷公司之一，卷筒机达二十余台，平板机百数十台，并有四色六色机各一座。印件以教科书及杂志为大宗，规模之大，在东亚居第一位。其社长大桥广吉兼为东京油墨公司社长，其兄某为博文馆社长，在日本为第二流资本家。十二时由共同去博文馆。目的原欲看其编辑所，但主持者不愿示人以内容，仅由其编辑部长森下岩太郎（任馆中九种杂志主任）及高桥藤磨（书籍主任）在客室坐谈。当询以工作时间、版税、杂志编辑、薪金各问题，据云编辑时间通常为午前九时半至午后四时半，因各种书籍及杂志均带包工性质，故偶尔请假或早退迟到不扣薪，夜间工作亦不加薪。版税为百分之十五至二十，视书籍之性质而定。书籍之愈专门者税率愈高，反是愈低。薪金最低五十元，最高六百元；但不愿明说。此为西洋习惯，宾亦不必问也。杂志每种分别编辑，主任之下设助手三四人至十余人不等。据云杂志在五年前销十万份已算难得，现因宣传及于农村，目前则多可销售至百万以上。

一时至大桥家午餐，伯鸿夫人及其公子铭中已早在。大桥已五十六，但精神强健，视之如四十余人。其住宅为西洋建筑而带日本风味。客厅有西式日式，但入室仍需脱鞋。餐时用日式小桌接长，上铺台布。菜则日式而由中国味：盖大桥曾去中国数次，揣摩我们的嗜好而备也。饭后游其花园。园宽十余亩，花木亭榭，颇为壮丽；有池约半亩，其水源出白石中，数百年不断，为东京名所之一。明治天皇曾于明治二十六年幸其私邸，赠以铜瓶一个，陈之客室。在亭园摄电影二十余尺，并由其共摄一影。

三时半游园后，在其有御赐花瓶之客室吃茶。蒲团之傍，每人烧一檀香炉，为极郑重之典礼。名为"茶道"。日俗通常有画之方为首位，本室因放御赐铜瓶，此方不设座而设于两旁。铭中虽有座，但仅予以普通茶，以其未成年也。其夫人饭时陪坐，茶时虽有伯鸿夫人，亦跪于门外，而不能入内，并不能饮茶。入座时，主人跪坐，使女献茶时，以绣帕贴扶，受者以双手举接，高与头齐。饮时之茶为青绿色，上有泡沫，视之有如青萍映霞。茶仅一小杯而以五寸过径之瓦碗盛之，煮茶者须受特别训练。饮后由大桥引至煮茶处，以铜炉盛铁钵煮水，旁有小瓢一，碗及小包（当系茶叶）若干。一老女人跪于其前照料。据云此女人之夫为博士，现任教某处，因其精于此道，特为请来。此种茶礼，过于隆重，非贵宾不举。我们今日竟蒙其以贵宾相待也。四时出至东京油墨公司参观，五时复至其郊外新厂参观。因无重大关系，匆匆一走而别。

夜决定明晨八时十五分去箱根。

十月四日　星期六　晴

午前七时半去伯鸿处，八时十五分同在东京驿上车去箱根，行一时二十分于小田原下车，票则购至热海：二等每人三元十六钱，可用三日。由小田原乘公共汽车至宫ノ下温泉，住奈良旅馆。十时三十分到。即入温泉沐浴。下午二时十分再乘公共汽车游芦ノ湖，下午五时半方返。

箱根共有温泉十二处，名汤本，在山麓塔ノ泽、宫ノ下、底仓、木贺、堂ヶ岛、强罗、小涌谷、芦ノ汤、汤ノ花泽、仙石、姥子。除堂ヶ岛为单纯泉，前五处及末一处为盐类泉，后五处为硫磺泉。各泉均有宿所，惟宫ノ下，芦ノ汤，强罗等处较繁盛。

公共汽车由小田原至宫ノ下，每人八十钱。由宫ノ下至芦ノ湖购周游券，每人三元三十五钱，小孩免费。自小田原，至宫ノ下海拔为一千二百余呎，气候较东京约低四五度。沿途风景甚好，树木茂密，但不及日光下段。宫ノ下以上则几完全从崇林中逆行而上，道旁杉树如竹林，清幽宜人。通常自宫ノ下乘汽车直到箱根町，乘汽船游芦ノ湖至湖尻上岸，再从另一路折而下回宫ノ下。因元箱根至箱根町约三里之一段风景极好，故在元箱根下车；即见湖水在望，向右折沿湖行约半里，有箱根神社，合抱杉树，拱立两旁，太阳从密叶中露至地上，有如未尽之溶雪，诚美观也。据游览券所载，有国宝宝物拜观券，则所藏佛教物品当不少。因时间不敷，未至社内。仅在外摄电影数十呎。为摄影，一人后行，将全湖风景摄电影一转。湖水清如碧绿，湖旁崇林清秀足与媲美，水与山与树均远胜西湖。并可于南边天际白云中遥见富士山。惟山高常为雪蔽，富士如美人含羞，时隐时现，远望之仅见山形之蓝气，其真面目如何，无由知之。四时十分，由箱根町乘汽船二十分钟至湖尻，湖形狭长，两旁山林密布，如在画中行驶。在湖滨休息二十分钟，乘汽车起行，四十分到宫ノ下。途中概为下行，山多砂砾，两旁间夹以芦，但无茂林；芦ノ湖或以此得名。

　　此间旅馆均贵。我们所在至奈良旅馆有花园、泉水、池塘，在此为日本式之最优者，故日式房间供早晚饭五元至七元，三餐八元至十元，我们取两餐六元者；午餐二元至三元，我们食二元五十钱者。因我不吃生食，特备中国式之菜，但仅三味，一为三肉丸拌粉汤，一为三小肉饼，一为炸明虾一只。如此三味，合中国钱四元五角，可谓贵矣。

十月五日　星期日　晴

　　昨夜睡尚好；八时起沐浴，九时早餐，在本馆花园摄影数张，并自着和服摄两张。十时十分乘电车去强罗，行二十分，并等（三等）车费十八钱。强罗高出海面一八一四呎。有公园一，依山建立，古木成荫，顽石生苔，幽邃之至。中有喷水池，池中蓄金鱼甚多，游人多在池边观赏。因今日为星期日，东京之来此游览者甚多，故电车有人满之患；公园亦到处是人，从公园山上之后门出，行百数十步至中强罗，乘登山电车凡五分钟至早云山。车以铁线紧于轮下，用发动机牵拉。出站即去一福旅馆午餐。下午一时半，步行至大涌谷，一称大地狱，已死之火山也。山路崎岖，但游人甚多，孩童亦不少，有年约四岁之一孩，竟能随其父母达山顶，复随之而下，真难能也。有小轿曰卡峨，以一柱横贯一提篮之竹器，设被垫甚软，游人可靠坐其中，上下一次须四元，但无人乘者。经休息处凡三，即见黄石深谷，长达数里。途中并有温泉及喷烟处；喷烟处于离数百步时即闻泼泼泼泼，如脚踏机器车初发动或小汽船开行之声音。喷出之物为硫磺及硫磺质之矿石，热度甚高，加以硫磺气味逼人，不可向迩。经喷烟处再循乱石小道上行一里许，则达大涌谷之顶，可望湖尻，有旅馆二家，供人休息。旅馆旁有汤泉一所，热达沸点，水源有五尺见方地位，如沸水上腾，泼泼作响，水蒸汽散发，因风成雾，数十丈不见人物。惟于顺风时可窥见水源之洞口。源旁数十方地，均围竹栅，旁标"危险"字样，惟留一门供游人出入。

旅馆侍者出售照片及零食，照片有游览纪念印戳，便人购赠亲友。零食中有熟鸡蛋，则系因顾客之需要，临时置蛋于竹篓中，放特备之汤泉孔中（在栅外），五分钟即全熟。因其有硫磺质，且非他处所有，故每蛋取价十钱，而购者仍络绎不绝。三时半返强罗，原拟去强罗之千人風呂（千人浴堂）。此浴堂为铁道省所经营，入浴普通收费十钱，因购票有误（购至小涌谷而找少一元）乃直至宫ノ下（到站时告以经过，请其用电话询早云山站售票者，承认错误，不加票）。但达到时已午后四时十分矣。

今日摄电影二百呎，照片十余张。

夜与伯鸿夫人等人打麻将四圈。十时就寝。我对此极无兴趣，虽系游戏亦觉甚苦。盖精神为学术想望，文艺嗜好所占据，无暇及他，虽在游戏，心仍不在也。

十月六日　星期一　晴

午前八时半从旅馆起行，乘八时五十分公共汽车，九时三十分到小田原，乘九时三十六分车去热海，菱田已先在车等候，十时到热海，由其引导住萬平ホテル。此馆建于山上，落成于一九二七年，可俯瞰车站及海景：海平如镜，无大潮大浪。沿海皆山，有温泉，各旅馆均有温泉浴室，此馆并将温泉用抽水机打上；西洋式之各室均有浴间，附便所盥洗盆等，热水即用温泉。冬有水汀，设置在日本为第一流。房间价目自七元至十五元我与歌川两人住一间，价八元。无膳食。但面海，空气极好，据云虽肺病者住此二月可愈。

午后二十半，由菱田雇汽车两部游汤河原温泉，汽车西行三十分钟始达。沿海行约二十分钟，余十分钟则行于田垄之乡间。禾稻将熟，于太阳光下反映成金绿色，颇为可爱。道旁农家栉比，房屋虽矮小而整洁异常，男女小学生之自校放学而返络绎于途。农田灌溉仍用水力冲桐车，其情形略与湖南益阳等处相似，将其情形摄入电影。汤河原温泉之内容如何，未及详察，仅在溪边之桥上摄电影十余呎耳。未五分钟即转车东北行，四十分到魚見ヶ崎，为热海名所之一；全为岩石悬崖，仅一攀援小道。但松树成荫，海水呈碧绿色；游人入内须纳五钱。平日有垂钓者，惟今日无之。由魚見ヶ崎，再折回至间歇温泉：此泉从前日来三数次，来时喷水达数丈，其声远闻数百步；自东京大地震后，仅有温泉而不喷。行经其地，惟见石山中出气如烟而已。再上为来宫神社，正在修缮；内有大楠树一株，据木牌之说明已二千年，周二十一尺，分三根，真伟大也。再折入梅园，园数十亩，概为梅树；有清泉顽石，极幽邃，惟惜来非其时，无梅花耳。自梅园出，直返旅馆，已五时过了。今日各地均摄有电影共百五十余尺，购有画及题词之照片数张。

此地温泉极多，温度在严冬有五十余，暑时以海风之调和又只八十上下，故寒暑两季之游人特多。今日在箱根为六十二度，到此有七十四度，入夜还有七十一度。但空气清爽，温度虽与东京者相同，但较东京舒适甚多。

旅馆面海，在室中可望海面及海中之初岛，热海半圆形之街市，青葱如画之山林。有林泉之胜，而无海风海潮之扰人，颇为可爱。入夜初岛中与街市之电灯相对，映于海水中，藉月光之力，如满天星斗平铺青草地上，诚奇观也。

晚后在食堂外之草地散步，见有水果、花篮、元宵等置于几上，掌柜谓今日为中秋，各物系献月会者，始知今日为八月十五。日本虽改用新历数十年，但旧节气仍保存。十三年来，从未与家人分别过中秋，此为第一次。不知道孩子们在上海，思念如何？楫在五年内省亲一次，今夜当在家中与父母等畅谈，不至起行东返，在途中饱尝苦味吧！

伯鸿近常说我思虑太多，我亦自觉如此。但爱我者、我爱者之葛藤，无法截断，即在事业上有所专心致志，亦不能泰然自得，而况我对于事业根本无野心、无大志。楫常说她体验的是"苦的人生"，今年来，我也与之有同感也。

十月七日　星期二　晴

昨夜温度已七十，而被褥为双毡之上加鸭绒被一幅，仅盖毡嫌薄，盖鸭绒又嫌厚，乃开窗而用鸭绒，结果睡觉因热而将被推去，卒大受寒。八时起即觉不适，入浴一次稍好，十时二十五分上车，头疼欲睡，竟在车上糊睡二时，十二时四十分到东京驿（此次为慢车，故费时多）。

到站仍往ステーションホテル取信与报。电马场询问，得信三件，均公司事。陈达夫允我返申后入所，颇为可喜。二时半返寓。因大热，服阿斯匹灵二粒即睡，连晚餐亦未食。出汗甚多，并泄多次；精神苦闷异常，但尚能睡。

十月八日　星期三　晴

早八时三刻尚未起床，克仁来电约同去看学校，谓外务省有人招待，且所看者为文理科大学、东京高师，（大学即高师所改，为帝大之一部，高师虽存在，但程度降低）及盲聋学校，因思机会难得，勉强应之。未早餐即驱车去，十时同去高师，外务省所派者为文化事业部第一课课员小黑俊太郎，能中语，但同行有张梦麟及歌川亦无需其翻译。克仁到此七月，尚未参观学校，此次因我有此意，一方两便，故特约外务省招待。他已看过两日，此后还有三日，我们时间不敷，有三日已足，故决同行。

至高师已十时一刻，因欲遍观全体，故各处均走马看花。初至小学，次至中学，高师大学仅略观看其授业情形及设备而已。其一切详细情形具见该校刊物及电影（电影摄及学生活动者五十余呎，设备三十余呎）看后之感想如下：

一、设备完善　无论中小学，均有各科之特别教室及预备室，事务室并陈列公共参考书如普通字典词书之类。对于理化实验尤为注意；小学亦装有自来水及电气等。史地参考资料多由学生于假期及修学旅行时搜集而来。

二、生活有规律而活泼　儿童于下课时概在操场自由运动，教室亦然；但一闻铃声，则依次入室，决无喧扰声音。中学生则在操场为各种球戏，且一律制服。

三、有礼貌　小学生遇教师及参观人无论识与不识均一鞠躬而过；礼貌本为日本习俗，小学生即习惯成自然也。

四、清洁 地板玻璃窗均一尘不染；小学四年以上，除力不能胜者外，洒扫各事，均由学生自行处理；此亦为日本优良国俗之一。

五、更张慎重 日本教育为集权制，一切法规均得由文部省订定，故办学者有一定方针可寻。教育者有新见解虽亦可实验，但决不能漫然设施，必须详细考量。即如男女同学，在日本已成教育界之问题，在实施上中学无男女同学者，小学有同学有不同学者。此间为研究此事之利弊起见，特将学生分为四部：第一部为男子多级单式寻常小学，第二部男女同学，第三部寻常级男女同学、高小男女分级，第四部为补助学校、即男女二级复式（各级科目，亦稍不同），以试验之。

十一时三刻，几晕倒，勉强支持至十二时出，至克仁处午餐，下午乃返寓静睡半日，六时已愈。七时同歌川至中华第一楼晚餐，遇瑾士李暮，同日人一男一女在座，乃移席加入。男女前田公笃，善音乐，为李在明治时之同学，女名丹レ权子，亦善歌，为浪漫派之领导；现三十七岁不嫁，开一咖啡店于银座。二人均善酒，且善谈，忘形骸。九时饮毕，同至其咖啡座，地极小，仅容十四人。有少女四人，供客携手拥抱，楼下卖菜。啤酒二瓶，汽水三瓶，结账为三元七十钱，茶钱且去三元三十钱，贵固奇贵，而游客仍座不虚席，且多文艺界人：盖丹现在仍在朝日新闻任有职务，故招揽学界为第一位。她虽亲出招待，握手迎送，然而账固照开照收，决不还礼也。

十月九日　星期四　晴

午前十时同克仁参观女子高等师范，仍由外务省派人招待，由幼稚园而小学、高等女学（中学）及本科；因时间忽忙，仅走览一过。其设备与一般特点略如男子高师，惟特别注重家事各科：如裁缝、烹饪等，均有实习室。修身尤重作法，中学设有特别之日本室。示日本家庭设置。除小学及家事外概男教师，外国语仍请外国人。小学女生均洋服，高女多洋服，高师多和服。高女及高师均有中国学生，烹饪实习室中亦见一人。共摄电影五十余呎，烹饪实习亦摄入。赠该校图书馆以近代中国教育思想史一部。

十二时出，至克仁处午餐。

下午二时同至东京市千代田寻常小学校参观，校址在千代田町，傍有町小公园，学校即借为游戏场。附近有幼稚园及商业补习学校。

此校创于明治九年，距今已五十四年，去年重新建筑，校舍共三层，并有屋顶运动场；占地四百六十平，建筑费达四十三万元，故其坚固壮丽为全市小学所未见。有特建之体育室一间，各种健身器具均备，而尤注意于胸之扩张，为东京各种学校所未有。因下午一时半即休业，故仅见儿童在校内游戏温习，未见授课。据其表载，全校学生共九百三十三人，每年均分为男级女级及男女合级之三种。教师薪修照本市标准，平均八十三元。

　　三时半去帝国图书馆。地址在上野公园，创于明治三十年，明治三十九年及昭和三、四年陆续增建，费达五十万元。书库共八层，上四层均有汉和古籍，藏我国宋明版书甚多。我国清初铜活字《古今图书集成》有两部。阅览室分普通、特别、及妇女各种。妇女室足容三百余人，每日开馆一二时即告满员，其国民好学之情形可知。书籍之分类仍为旧式，共分八门：（一）神书、宗教，（二）哲学、教育，（三）文学、语学，（四）历史、传记、地志、纪行，（五）国家、法律、经济、财政、社会、统计，（六）数学、理学、医学，（七）工学、兵学、美术诸艺、产业，（八）类书、业书、随笔、杂书。据其统计所载，大正十四年阅书人数达三十八万，贷书数达八十三万，藏书数为三十七万册。五时出至同地东京书业展览会则已闭幕。六时同伯鸿等至求林堂晚餐。先到其东家西川家唔其夫人（西川已死）及其子西川忠韦。伯鸿谓在热海共费二百五十余元，为到日来之第一次大洋盘。

西川之家即在求林堂间壁，地面虽小，但构造极精致，有西式各室，日本客室。各室陈列小木偶泥偶等物特多，并有一室专供偶像，有神龛香案等等。

西川只一男，居长；现为广大一年生，极温文有礼；女三，均入学，先人之贤，可由其子女行为见之也。坐半时，同至长崎料理馆宾家宴会，菜为长崎式，味近中国者而种类特多；盖求林堂之经理曾去中国，对于中国人之口味知之甚熟也。陪坐者除马场外，有西川夫人及其子女各一人。九时半方返。

十月十日　星期五　上午雨下午晴

昨日与克仁约定，午前九时由张梦麟至寓来接；张按时到，同去伯鸿处，约其夫人去市外明治神社克仁家。该处近神社：因神社为公园式，故树木茂盛，清幽宜人。室两层上下，六小间，月租七十五元，据云因地段特好而然，平常无如此之昂也。克仁夫妇及张君均居此。因政治职务为暂居，故无所陈设。王夫人黄淑班女士治家甚贤劳，故能如此。半时至公使馆。晤秘书杨、郑两君及参事江洪杰等。十二时至监督处午餐。下午一时伯鸿夫妇与歌川去新三越吴服店，我则与克仁梦麟去三会堂出席国庆大会。会堂设四阶，可容千人，我们到时已满座，一时半开会时，已立无隙地。与会者以学生为最多，女子及孩亦数十人：由此可见侨民对于国家之热忱。开会时及来宾日人宫崎等讲演时，均摄有电影。三时遇杨礼恭王润生两君，均此间党部人员。三时半同克仁及张君出至三越，则见人山人海，挤得水泄不通，我们于二楼过淑班等，乃即退出，盖三越新筑落成，今日开幕也。

　　五时克仁宴于北京亭，为国人所开，一切均中式，菜味甚好，席间有闹酒者，颇为喧扰，九时半散。同席男女二十余人，除吾辈及一嫁黄君之日人外，均贵州人。

十月十一日　星期六　晴

午前十时同克仁去城西学园中学小学参观，中校在城外数里，地甚僻静。校址虽不过二三亩，但有园林，颇可怡性。校舍简单，设备除桌椅尤无长物。盖学校为私立，经费由校长野口援太郎负责筹集，为之后援者其母校高师及其同学也。但因其采用道尔顿制，在日本为独创（去年始新改），故声誉甚噪，常由外务省引导外人参观。师生精神，远胜于我们十年前在中国公学中学部实行此制之时。至其设备则根本无采行此制之可能也。校长去欧洲未晤，与其主任平岗孝辅略谈关于道尔顿制之问题，并允赠以我所作关于此制之著述。十一时半至小学，即在野口家中。学生共五十人，兼采道尔顿制及设计教学；学生甚活泼，成绩亦好。教师男女专任者三人，技能科为兼任，经费由学生每人付学费百元。摄电影二十余呎。十二时十分出至克仁处午餐。

下午一时半与歌川至三省堂，会其营业部长末次保，商购书事，其出版课长亦来谈。并晤龟井，商借电影映放机，及代售教育思想史事。思想史允先取三百部，电机明日送至旅馆。

购书决定：（一）今年用小学教科书全部，（二）中学普通教科书全部，（三）该堂所发售之信纸信封练习本全部，（四）在书目中选定中学他科教科书，（五）选定杂志目录。以上均请照配，不再过目。关于普通参考书则在其店堂选购。三时半至店堂选定文学、娱乐、体育各书。

五时半返寓，六时克仁夫妇及张君来。克仁独入室谈张君回国职务事，盖他决定下月辞职也。允以先在外任编辑，月付百元，交稿自二万五千字至三万五千。六时二十分同至中华第一楼晚餐。点菜五样，共费十四元。饭后在夜市购得英文书二十六本，只费五元，甚欢欣；又购日本书二十余册费二十元余。

十月十二日　星期日　晴

十一时半步行至皇城，摄电影六十余呎。十二时半之三省堂看书，三时全部选定。请其开一清单于十四日以前送交签字付款。

电影机昨夜即已送来，但为柯达 C 形，因未用过，不能开放。上午至无三の堂取片时，请其代演一过；五时去伯鸿处接片，大体均可用。

十月十三日　星期一　晴

午前去伯鸿处，因等马场送款来久不至，乃剪接影片。十一时半马场来，伯鸿瑾士亦于九时去参观帝国印刷所而返。十二时半同至中华第一楼午餐，二时方毕：盖有马场及菱田在座也。餐后甚疲，回寓休息。在木匠丁丁之声（旅馆改房间）中竟能入睡，实到东京后之第一次。四时同歌川去神保町旧书店购书。则见同类之店数十家，中外新旧书籍均分类陈列，门庭之客，无异新书店之拥挤，学术之发达，人民之好读书，于书店中即可窥知。购得英日文书六十余册，费八十元，有数册系自购者。

七时去伯鸿处接影片，则因所购之胶水不能用，已接者上机均脱去，明日得重购胶水，重新接合，殊为费事。

九时与伯鸿长谈也，他说：今日下午在离东京驿不远之地，偶得一面店，面只八钱一碗，且甚好，每人食二十五钱已极满足，同一地方而食物售价相差如此之远，亦奇事也。我们此次住ホテル，无处不作洋盘，真无谓已极。且因无需要，虽在日住月余，亦学不得几句日语。如再来者必居日本旅馆或下宿，以求节省金钱，学习日语。

决定二十日乘长崎丸回上海，船票均交由李暮君掉换。

十月十四日　星期二　晴

午前九时同歌川去上野公园，十时至芝公园，十一时至日比谷公园。东京之公园只此三处。上野伟大，帝国图书馆博物馆均在其中，芝幽邃，树林密茂，到时适某小学在其中开运动会，摄影十余呎。日比则广大，文化集会如音乐会等等常在其处。共摄电影二百呎。十二时至银座购接片胶水。一时半起接片。五时至中华第一楼预备一切。盖今晚我等还日友之宴也，六时客渐到，共九十余人，分十桌。六时起映电影，七时止，中间虽断三次；但尚无大问题。此次已摄一千六百呎，已洗者一千二百呎，除去不能用者数十呎外，尚有千一百余呎，因时间不敷，仅映八百呎，然已费去一时矣。菜全中式，正菜计十一种，有鱼翅、燕窝、小碟连水果共十二种。日人之未曾食过中华楼者，觉得菜数多得可观。日客全为印刷、出版、印刷机器用品制造业，国人为公使馆、监督署及党部职员等；惟克仁及梦麟去西京未到，并有中日女客十人，另有伯鸿夫人具名柬请者。席中伯鸿略述此次来日之目的及中华书局之概况，由李暮翻译，日人由大桥代表致词，无非中日亲善多用日货之语，由歌川翻译。夜十时散。我与三省堂诸人同桌，公使馆杨秘书为翻译，席间三省堂营业部长末次保以前日所购之书账见示，共为千八百元。

十月十五日　星期三　晴

午前九时同歌川至丸善购定订正佛教大辞典一部，并于其地方课长长久繁商以后购书折扣事，允西书九折，本版八五至八折，外版九五至八五，预约及杂志九五。十二时去伯鸿处。伯鸿等明日去神户，因书籍多购无用，不如节省经费留待将来，乃决定明日同行；横滨之行，亦即中止。午餐伯鸿等邀至车站附近之小馆子，吃八钱一碗之日本面，量不少，但味甜，勉强食之。盖今日为彼四十五岁之生日也。下午在瑾士处睡二小时。三时半淑班来约去新宿驿武藏野馆看电影：共二片，一为《沈默之敌》，一为《放浪之王者》，均美国产。后者为有色有声者，尚好，惟电影场构造不佳，不甚通气。八时半出，即收拾一切，十时方了。

旅馆结账共为一百六十余元，已付七十元，来时说明住两星期以上九折，乃主人初不肯减，继允减五厘。

十月十六日　星期四　晴

午前七时即起。七时半将书籍送交菱田，八时至伯鸿处，九时上车。下午四时四十一分到京都，歌川与我下车，行李直运神户，伯鸿等亦均至神户。下车直趋都ホテル；依华顶山而建，凡六层，有客室百五十间，及食堂弹子场等。树木业集，极为幽静。房价并不贵，普通双房附浴室只售七元，但寓客几全为外国人。

六时至街上散步。其清水烧之玩偶价廉物美，费一元购一打，拟以半打送伯鸿夫人。并购照片数十张。此间街市闲静，略似北平，所谓古都也。建筑最大多数为日本式，仅数大百货店为西洋式。街市之最繁盛者为四条大桥，灯光辉煌，略似大阪心齐桥。其横街有名新京极者，街口仅五尺，最宽处亦不过丈五尺，两旁市房栉比，各货具备，并有电影场数处，取价均在四角以下。游人拥挤不开，木屐声宛似音乐，至为有趣。新京极之一巷有店名スタンド，英文 Standard 之音译，义为标准。其市招大书中国面十五钱，洋食十钱，外有布帘数十块（日俗饮食店及小卖店均挂布帘），以为大店也。趋入一看，则为依墙而立、长约三丈、宽仅四尺之一长巷，有宽一尺之长柜台，隔绝主客，台内仅容一人行走，台外连柜台面子伸出之六寸地只有空地约二尺四五寸，设椅三张，但柜上置食物之小铁瓶却有二十余。柜之一端用煤气煮食物，一端设无线电收音机，壁上并有最新式之电钟一具，及西洋图片数张，食客常满。以喝酒及食中国面者最多。初以椅子不敷，故客人立食，后见数人依椅而立，并不就座，始知坐食为例外。两人各食面一，混沌一，洋食猪排一，又清酒一杯，共费一元。面之汤甚美。酒为月桂冠牌清酒，为日本有名出品，故到此店者大概喝酒。每酒一杯，取十钱，并送炒黄豆一小盘下酒，亦趣事也。此种形式，可称酒吧间之正宗，不意于此间见之，惜不能摄入电影。

夜决定明日游琵琶湖。睡甚美。

十月十七日　星期五　晴

午前七时起床，沐浴后至旅馆花园一转。园依山辟若干坪为休息处，面积二三亩，有树木陪衬，构花园亦不愧。八时走至三条大桥早餐，各以二元购琵琶湖回游券，九时十五分乘高架电车赴滨大津（至迟九时四十分须由三条大桥起行，轮船十时半开行也）历四十分到。大津为滨琵琶湖之一市，市房长数里，商业颇盛；湖周数百里，为日本之第一大湖。湖中岛屿甚多，最大者竹生、多景、冲之岛。游湖者每日自数百至数千，有太湖（琵琶湖之别称）汽船株式会社，备约千吨之汽船数艘，供游客乘坐，我们所乘者为京阪丸。今日祭日（不知何节），团体及个人游览者特多。同时开三船，本船共乘千余人，以至三层舱位均无隙地，仅在船尾货架上得两坐位，略资休息。船之目的地为竹生岛。十时四十分开行后（每开行及每一停泊均奏西乐），以为十二时可到，故船上售午餐不曾定食，拟在岛上午餐。不料路线甚长，竟至一时十分方到。仅泊四十分，游览尚来不及，更说不到吃饭。直至下午三时方得亲子丼一碗压饥。

竹生岛为湖中岛之最大者，水深而清澈可鉴，周约五里。登岸，见出售照片及土产者分别道旁。历极峻石阶数百，有观音堂，辩财天等佛教建筑，因时间匆卒，不及细看，仅摄外景数十尺而已。

二时五十分开行，先绕竹生岛一周。后经多景岛，甚小，周约一里，有寺及塔，未停泊，再经冲之白石，水中峙石两块，一大一小有如石笋，乌鸦广集其中；均摄有电影。三时五十分到依崎长命寺，寺建山上，顶历极峻石阶八百零八级（约五丁半）始达。道旁古木参天，较观音堂尤为情邃，爬上已汗流浃背，而停泊时间仍需四十分，故匆忙异常，仅摄电影十余尺。因等妇孺（老妇五十以上，小孩五岁以上者均登山顶，殊为难得）及醉客（日人喝酒者甚多，休假日更喜痛饮；今日所见小醉者数十，大醉呕吐或发酒疯者五六人），卒至四时五十分方起碇。到滨大津已六时五分矣。因欲赶车七时赴神户，忽忽赶上第一部电车。因沿途无人上下，历二十五分钟即到都ホテル，果赶到七时车，八时四十七分到神户（慢车，特急行车只须七十一分钟），下车经往オリンテハホテル。正询问间，瑾士，李暮归，谓伯鸿去エマチ（有马），我们即往他们所住之一一四号房间。

十月十八日　星期六　晴

午前九时半正欲出外早餐，于门口遇克仁及梦麟：盖它们视察各校经此，便道送我们之行也。当即同至第一楼早餐。第一楼居南望街：街长半里许，狭处约五尺，最宽仅丈五，几全为中国人，而广东人尤多，各种营业均有，以食品为最多。此街之日人，亦能广东语。第一楼亦广东人所开，菜全广东式，下女则均日人。价目较东京者约廉一倍。六人食菜五样，连酒面共五元九十钱。

十时十分同克仁等四人分乘汽车至凑川，十时半乘高架电车去有马，来回票价每人九十钱。有马以温泉著名，伯鸿等于昨日居其间之池ノ坊旅馆，车行山间四十分到有马，伯鸿等已在车站等候。当同至神有电车株式会社经营之浴室沐浴。浴堂设备甚精，浴间全为瓷砖，走廊及休息室均铺地毡，但取值每人仅十钱，盖为电车会社直营，专为招待游客，发展电车业务也。此地有汤ノ花者，温泉之结晶体也，可医神经衰弱等症，购两盒。因欲回神户参观海港博览会，故二时零三分即乘车返，四十分到。摄影三十余呎。仍在第一楼午餐。

三时半去海港博览会第二会场参观，会设于凑川公园，陈列者半为海军模型，半为海洋产物。有世界一周馆，设各通航地模型，以神户为出发地，横滨为归宿地。购照片数种，摄电影三十余呎。出至兵库埋立地第一会场，陈列着多属实物及机械，并有图表多种，价值较第二会场者大。惟五时半即闭门，未及细看，殊为可惜。

夜餐仍在第一楼，饭后去街上闲游，觉其较大阪东京静，而闹于京都。就个人印象说：我对日本所经过之都市，最爱京都。在西书店购书十余种，费五十余元，并购得バソゼット及观舰式进行曲唱片三张，费四元五十钱。夜因热，睡仅五小时而已。

十月十九日　星期日　晴

今日特热，早晚均达七十四度。中午八十度以上。

九时半同克仁等去博览会第三会场参观。设于关西学院（商科大学）。入门之街，悬灯结彩，甚整齐，但场内陈列者几为商品即游艺品：盖海港军事设备均在第一会场也。匆匆一览，摄电影二十余呎。十时十分至上筒井车站乘高架电车赴宝塚观歌剧，来回票每人六十四钱，十时五十分即到。惟今日为星期，又在博览会开幕期间，故游人特多。大剧场第一场之票早已卖空，第二场须下午五时开幕（星期及祭日两次，平常午后一时一次）不能久待，乃观其下午一时小剧场之歌剧（平日不演，中剧场为日本新戏，每人售五十钱），演员虽系大剧场之一组，但设备及剧之内容均远不如大剧场者。盖大剧场为正座，所以示外人者，小剧场仅为辅助而已。三时二十分闭幕，即赶车返，四时十分到寓。伯鸿已返。

因见我们零件甚多，特请歌川出购藤箱一只。

六时去第一楼晚餐，由公司宴请大阪黑越及川岛两家，共到川岛夫妇等七人，连克仁等共十七人，分两桌，燕翅席每桌三十元，菜甚好而价远廉于大阪及东京。九时散席，克仁等因昨日得外务省特派员小黑之电，当夜去大阪。

致小孩各一博览会明信片为纪念。

十月二十日　星期一　雨

早雨，午前九时因雨即在旅馆早餐。侍者持菜单来，初以为系定食拣取，乃由歌川点四样，付账则每客三元六十钱，为历来未有之贵早餐。十时上长崎丸，雨未止。旅馆结账共为百四十余元，小账开去三十余元：盖茶房之小账外再有小账；其他如司电梯者、司闾者、照料行礼者均须开销。所谓真正西洋式之旅馆，一切均西洋化也。船于十一时开行，摄电影三十余呎。船开渐晴，经过内海，风景甚好，摄电影五十余呎。

下午二时半至五时半复楫一长函，共二十张，在四千字以上。告以在日（一）行程概况，（二）生活情形，（三）一般感想，（四）对于她去日求学之意见。由叔和转交。盖到日得其四函，因其此去必经上海，可以晤谈，未曾一复。今日有暇，恐其迳去北平，故将四十日之经过情形为概括之报告也。夜餐之菜单印有两鸟，甚美，亦寄楫。并寄叔和一长崎丸照片，告以回国期及请代转楫函，

晚八时半，食堂演电影，为美国新闻片及滑稽片，历时四十分钟，无甚意味。

初睡于吸烟室。因内海无风浪，十时后仍入舱。二时风浪大起，照相机等均坠地。六时止。

十月二十一日　星期二　晴

因昨夜逆风，十一时始到长崎，已迟二时矣。当上岸购水果零物等。下午一时开行，今日下午过

东海。本有风浪，因天气甚好，浪极小。夜睡甚好。

十月二十三日　星期三　晴

午前六时起看日出，伯鸿等已先起，因云甚浓，景不甚好，但摄电影十呎，照片六张。

因昨夜无风，本应午后三时半到上海，乃一时五十分即到。

到时微雨因函告同人谓三时半方到，故抵埠无人来接。二时十分协恭等到，妻及湖儿同来。平时海关检查颇为费事，今日有通济隆照料，一律免检查，故四时即抵家。

北游杂记

北游杂记一

民国十年十月十八日至二十日

午前九时半乘特快车赴北京，十九日午后六时二十五分抵津。此行之目的有二：一、为中国公学之风潮须与王敬芳先生接洽，二、为参观京、津、宁三处著名学校。我本预定直到北京，至津访梁任公先生，悉王先生将于翌日来津，遂即在津候彼，寓日租界德义楼饭店。

天津虽系租界，但地广人稀，绝不如上海之喧扰，旅馆尤宁静；赌博叫局诸恶习均无之，居其中俨如乡间庭院，殊为难得。夙闻天津南开学校名，今既至其地，遂决往参观：原拟二十日上午去该校，适梁先生招谈，未果。下午王先生来，谈校事甚久，并约翌日下午同车赴京，南开之行，亦改至翌日。

二十一日　星期五

午前至南开学校，晤校长张伯苓先生，谈教育问题甚久。该校校址在电车公司后，占地一顷，但光绪三十年创办时，学生只七十三名，校址即严范孙先生之偏院。今则分中学大学两部，中学生千二百余人，大学生男女二百余人，总计一千五百余人，校内执事并拟举行大募捐，募建筑、购地费三十万元，预定添设女子中学。学校经费中学年需十万元有奇，大学六万元有奇，除中学每年受省款津贴三万余元及学费外，大学经费，概由私人捐助。此校在纯粹中国人之私立学校中，规模学额，具首屈一指，然而该校校长及董事等十七年以来孜孜经营之热心毅力有足多矣。因急须上车，未及参观校舍及教学，拟返沪过津时，再去详看一次。下午同王先生赴京，即住中原公司，适胡石清先生定明日起行赴欧美考察实业及教育，中原公司何君设宴于南园钱行，我亦作不速之客焉。席中与胡先生谈及出国目的，彼谓此行固注重在实业及教育，但亦旁及于社会状况；盖实业及教育之发展与否，皆与环境有关系。回公司，畅谈甚久，并承赠亲书一屏。因商务印书馆之教育杂志明年由李石岑编辑，李在沪曾嘱为代约撰述人员，而胡先生夙注重教育，并办理学校多年，遂请其将国外教育状况作通信在教育杂志发表。

二十二日　星期六

午前至高等师范晤周调阳君，周君系前在湖南高师英语部之同班学友，六年毕业后，吾在长沙，彼在衡州第三中校主持教务。今年因求知心切，特辞去校务至高师教育究研科研究教育。骤然相见，颇为惊讶；盖四年余未曾晤面，我知彼在京，彼不知我北去也。原拟参观学校只以斯日系星期六各校下午无课，遂同周君至城南游艺园一游。八时往车站送胡石青先生，回寓约周君明日游中央公园。

二十三日　星期日

晨九时周君来寓，同至尚志学会访林宰平先生未遇，继至北京大学访徐六几又未遇。乃去中央公园，参观卫生陈列所，监狱出品所。夜回寓，与王先生及李藻荪先生拟定从明日起参观北京男女高师及其附属学校、北京大学、孔德学校、清华学校、香山慈幼院。清华与慈幼离城甚远，并承王先生假以汽车与李先生同去，殊感激焉。

二十四日　星期一

午前至琉璃厂参观高等师范附属中学校，首遇该校教务课陆光宇先生，谈论甚久，承引导参观校内一切设备，并晤傅种孙先生。傅先生系该校数学教员，并在高师数理研究科研究数学，译有《罗素数理哲学》，七月间在沪同住数日，聚谈甚欢。此次见面，招待殷勤，至为可感。该校现在学生百人，另有女生一班，以校地窄狭，均未寄宿。教职员对于校务颇为热心，校内组织有中等教育研究会，将各科分门研究。修业年限四年，至第四年分第一第二两部：第一部注重文科，第二部又分工业科与商业科。下午并邀该校教务主任王先生谈学制及其他教育问题甚久，一切详情，当集合京、津、宁各教育家之谈话与各处中学校之现在实况，参合个人之主张，撰《中学学制问题》一文，在十一年一月份《教育杂志》发表，此不具赘。

午前十一时在附属中学参观毕，承陆先生引至附属小学，因时间促迫，未及细观各班教授，但见其商场及儿童图书馆组织完善，为其他小学校所少有。吾国出版界本不发达，关于儿童用书尤少，而该馆陈列书籍颇多。据主其事者云；现已有书千余种，分类仿照杜威之十分法，星期日亦开放，任外面儿童来馆阅读。商场亦系分类组织，有糕饼店、文具店、衣服店等等，皆学生经营，教员辅导之。十一时复承陆先生引至高师晤教务主任程时煃先生，程先生前为附中主任，对于中等教育颇有研究，与之谈教育问题甚久，并代约其为《教育杂志》撰文。寻晤该校心理学教授张耀翔先生，相见即谓昨识尊著，拟即通函，畅谈一番，不料今日大驾忽来焉。盖彼现组织心理学会，由该校研究科同学分搜国内关于心理学之译著，余年来所作关于心理学文字亦曾为彼辈搜集也。承赠关于心理学印刷品多件，并嘱在沪介绍会员。我对于心理学颇有兴趣，当允尽力。斯会系彼今年于南高暑期学校中发起，会员百余人，除各心理学教授外，大都为小学教师。内分研究、编译、测验、调查等四股，预定每季出季刊一册，由中华书局承印发行。

下午由傅种孙先生引导至女子高等师范附属中校参观，晤该校算学教员韩桂丛先生，承其恳切招待。该校校舍较狭，学生通学者甚多。但其陈设清雅，颇具美感。校内行政组织为会议制，校内一切进行事项均由教职员会决议行之。职教员会之下分设教育会、教务会、庶务会，各会之下，又分设各种会议如学科主任会、操行批评会等。学校课程与教育部章无甚出入，不赘述。参观毕即同傅先生至女高师，略一走阅即回寓。夜在寓中晤朱经农先生。

二十五日　星期二

八时同李藻孙先生赴香山参观慈幼院。该院系熊秉三先生所创办，共收贫儿男女八百余人。院址系前清行宫，地面极宽。山景清幽，极为可爱。在北京居数日，颇觉闷沉，入其地，精神为之一爽。

校内组织设备，颇为特别，兹略述如下：该院经费系熊先生于办振余款项下所提拔，此时每年需经常费约十万元，因儿童之衣服、书籍、伙食等项概由院供给也。据熊先生云：现在每人每年需百元上下，则八百余人即需八万余元，加以教员薪金及校内杂用自非十万元不可。院内原分教育股、职业股、事物股及评议会分任各项事务，除评议会外各股均设有主任负专责。现以年在六岁以下的儿童甚多，特增设保育股，聘美人夫妇两人主其事。教育股主持儿童教育事项，分设男女两校舍，有高等国民两科。并有幼稚园，男女同学。职业股主持儿童之技艺训练，事务股办理院内庶务事项；评议会则由校长聘请京中著名学校教职员十人至二十人为会员组织之，决议教育职业两股进行事项，交由院长采择施行。据熊先生云，前以院内设置未尽完全，评议会尚未组成，本期当可开会。此系该院组织概略。该院僻在京西，地广人稀，且所收儿童，多系赤贫之子，既无家可归，复少机会与社会接触，若照通常学校之设备，学生入院数年或十余年之后，势必成为纯粹书呆子，置身社会，不仅不能治事，且不能生存。故该院之教育设备，须合家庭、学校、社会为一炉。熊先生对于此事颇费经营，据云年来建筑费已用去四十余万。院内有医院、商场、农场、工场、图书馆、理化馆、市议会、公园、村庄，凡日常生活所必需、所应需之件，无一不备，俨然一完好整齐之社会也。贫儿之幸福真不浅哉。

该院一切设备，不仅为中国学校所无，即世界各国恐亦少有。评者多谓其设备不类贫儿院，而以名额不广，不能容收多人，及场面过大，恐难持久为虑。惟据我个人观察所及，设备完美，名额不广尚非重要问题：盖此时中国之社会，不完备之处甚多，一切组织自然不能如我们理想所期望。惟该院儿童年龄最大者只十四岁，小者三四岁，离成人之期，少为六七年，多则十余年。六七年至十余年之后，中国社会情形当有所变化，变化之结果如何，虽不可预期，但主持其事者却不能不有一未来之社会的范型使之逐渐实现；若主持者认未来之社会必须有此种种组织，则一切设备，虽与今日社会实况不十分相符亦不足责。至贫儿之所以为贫儿，亦偶然的不幸，并无何种先天的预期，其机会应与非贫儿相等，决不能谓其一经不幸而为贫儿，即须永生于贫儿环境之中也。学额能广固佳，不能广亦无伤，以世界上待教养之人极多，只能尽其力之所能及，无法一一置于安适之域也。此为我对于一般论该院者之意见。至我对于该院认为急须留意者亦有数事；

（一）该院实际教育状况如何，因时迫促未及详看，不敢有所论列，惟见幼稚园生徒年龄有大至十岁者。询其故，据云彼等程度不能入国民科一年级，只好置于幼稚园。近来智力测验法发达，考察儿童所得之结果，生理年龄与智力年龄多不一致，但除低能者外，常儿少有相差及三年者。幼稚生平均年龄在五岁上下，而有十岁儿童加入其中，此等儿童果系低能，则置于常儿之中亦难教授，若非低能，置于年不相若之儿童中，更难教授。盖儿童因生理心理上之关系，年龄相差至一年以上，即有显著之区别；有许多事理为八岁儿童所极容易了解者，以之教六岁儿便觉费力，以其经验复有差别也。我极希望该院注意及此。倘虑此等儿童之程度不能入国民科一年级，尽可设补习班以救济之。该院既有儿童八百余人，其中必不能无低能儿，似宜另设低能组以教育之。（二）学年制戕贼儿童个性，国内教育者几无不知之。有许多教育者日思有以改革之，只以为经费、人材及部章所限制无法见诸实行，该院即系特殊学校，当然不为部章所限制，经济方面似亦无所困难，尽可多延教师，实行能力分组制，使学生个性得适当之发展。（三）院内儿童数百，一切衣食，现在虽由公家负责，但教育之目的，在使人人能有生活技能。职业的陶冶，难为该院所特别注重，但总觉其不脱中国通常小学校之习惯；于此我极愿介绍美国现时极流行之葛雷学校制度（Gary school system），盼该院主持教育者加以研究，择要采行，以谋学生生活与社会生活接近，而使学生之技能增加。（四）该院设备既称完备，对于教员之待遇亦希望有根本规定，俾教师能久于其事。（五）至该院图书馆，理化馆均系新建，书籍概由熊先生以家中藏书捐入，自难责其全备，惟图书馆之设置系以儿童为本位，则关于儿童用书，不可不多为购备，甚望主其事者于儿童用书加意研究（北高附小儿童图书馆颇可参考）；理化馆所藏关于生理标本尚多，惟少植物标本，倘教师能采集附近植物制标本，于教授理科当大有裨益。（六）他如教科书之编纂，对于儿童家庭调查与联络，我亦视为重要者。不知熊先生及诸教师以为如何。此外我有一种感想，即该院为研究儿童学极好试验所。通常小学校之儿童，虽亦可供教师之研究，但每年总有变更，对于一儿童颇难有继续至十年以上之考察；并且小学生在学校寄宿者少，每日出入于学校、家庭、社会间，环境上当亦有几许影响。该院贫儿既由院供给宿膳，又多无家可归者，在学校继续之年限甚长，倘能施以团体及个别的考察，将其逐日逐年关于生理上心理上之变化，记载汇列之，于教育界实有莫大贡献。尚望该院执事注意于此；更望近在北京之教育家留意焉。

　　本日参观该院，承熊先生殷勤招待，甚感。午膳毕即同李先生乘车赴清华学校，该校历史，知者甚多，毋庸赘述。入校有一事颇足记述：吾辈驱车入该校，仓促未在传达处停车，比至该校科学馆下车，则渺无一人，正在不知从何处晤办事人员之际，忽来学生一人，殷勤问余辈何事，告以来意，彼即至教务课请该课职员来谈，态度极为和气：可见该校平日对于学生训练之一班。适该校正开职员会议，教务主任王先生未能引导，特遣庶务课胡君接见。问校内情形，觉不甚了了，乃晤该校高等科学生梁思成君。梁君现译《威尔士历史纲要》将成，在该校为高材生，对于校务颇为明了。承其引导至各处参观：先至图书馆，并承该馆主任指示一切。馆内藏书甚富，分中文西文两部。中文旧书目录，仍照经史子集分类，中文新书及西文书则仿杜威之十分法。据云每年该馆需职员薪金及杂用费二万元，添购书籍费二万元。建筑设备，在中国殊不多得。校内有体育馆、科学馆、医院等，地面宽敞，建筑宏壮，学生居其中精神上颇觉愉快。该校分中等高等两科，中等科办法与普通中学无大出入，高等科则全用选科制。学校行政分五部办理：曰总务、教务、斋务、会计、庶务，校中一切办法系参合各国学制与中国教育部章程者。披露于报章者甚多，此不具述。惟关于成绩评定之标准颇可研究。该校对于学生成绩，无客观的标准，只分超、上、中、下、末五等。将每班或每组学生人数作为百分。预定每班或者每组百分之五为超等，百分之二十为上等，百分之五十为中等，百分之二十为下等，百分之五为末等。如此计算，每班或每组之学生无论如何优异总有百分之五不及格。据梁君云，此规程未实行（民国八年实行）以前，学生对于社会事业颇为热心，自此规程实行以后，学生皆孜孜于功课，对于社会服务逐渐冷淡下去。有许多天资较劣或自尊心盛之学生，甚且寝食俱废，以求及格与作前列生。此种办法，以之敦促学生注意功课，固无以复加，惟各科学之成绩无客观的标准，完全以人数为比例，无论如何，终有不及格者，则此组之不及格者，未见其学绩必劣于他组之及格者，他组之及格者亦未必优于此组之不及格者。以一组为单位，学绩固有标准，合全校比例，实无平衡之准绳。此种驱策方法，不知在教育上之用意果何在；且所谓学问者，不仅书本上之知识，学校内之功课已也。学生在相当范围内参加社会活动，所得之知识与经验未必不及教科书与讲演录之所授与者，学生即有无妨功课之活泼之精神，又何不任其发展耶。

该校校舍颇宽，参观毕已五时半，即趁车返寓。夜间傅种荪、徐六几来晤谈甚久。

二十六日　星期三

午前八时尚志学会李毓崧先生来，商议我在长沙第一师范所编之《教育心理纲要》稿件事。此稿原允交该会为丛书，后以体例与该会丛书不甚合，即交商务印书馆单独发行。李先生之意颇诚，允回沪向商务言之。又去年曾以《实用教育学》一书交该会发行，此书现已五版，惟其中颇多谬误处，《教育心理学纲要》不交该会，惟允将前书修改一次付去。李致谢而别。午前九时至北京大学晤徐六几、胡善衡、郭梦良、罗敦伟诸君。由六几引导至北大参观。该校适正开学，一切尚未就绪，蔡子民先生又病在医院，遂略一流览，取得章程数种而返。下午一时晤瞿世英君于北京大学，即与六几同至孔德学校参观。斯校系蔡子民先生等组织之法华教育会所创立，一切组织制度，完全将教育部章程打破，并系绝对的男女同学。兹述其概略如下，以供国人参考，更望一般自命遵守部章之恂恂学士一寓目焉。

　　该校系单系制，定十年毕业。一年至四年与部章之国民学校程度相等，五年至六年与高等小学之程度相等，六年至十年与中学程度相等。五年以上各级之外国语科专教法文。此时已有八年级，学生男女二百七十余人，女生较男生多十余人。学校经费除学费外，概由校外捐助，每年共用一万二千元上下。学校行政组织有校务讨论会，研究议决学校一切事务：其下分筹款委员会、聘任委员会、教育研究会、校务委员会四种；前三种皆由校内外人士联合任之，第三种之下又分教科书编纂会、各科教授研究会两科。第四种则由校内人员组织之，下分教务、文书、会计、庶务四科。校内无单设职员，一切职务，概由教员分任；教员亦男女兼有，此时男多于女。该校校舍甚狭，男女生寄宿者十余人。并有美国男女生二人。在该校谈论甚久，一切询问，均承该校教员轮流作答（因各人均有功课，不能由一人旷课陪客）甚为感激。惟当时所谈教育问题，我至今尚认为须讨论者略述如下。

第一、学制问题。该校由小学至中学共十年，比现行学制之年短一年，现行学制中学以下之年限较前清又少二年（前清高小四年中学五年）除法国十一年外，其他英、美、德、日有十二以至十三年者，年限既缩短，程度便相悬殊，在理论上便有讨论余地。又该校小学既缩短为六年，所定各科程度，又与现在普通小学相等，我颇怀疑以该校六年之时间能否做完他校七年之功课。当举此相询，某君谓该校六年以前不授历史，地理，可以腾出时间教授国文数学等科，但数学程度颇赶不及，相差约一年。至七年以后能否补完以前未习之数学课程，补完数学课程是否与他科有妨碍，现在因无八年以上之学生，试验未必，尚无从断定。然此就六年习完直升七年级之学生而言。倘习毕六年之学生即须直入社会做事，数学程度相差一年，不知发生困难否，此事实之须讨论者。

第二、学科问题。该校六年前无历史地理，当时亦曾问及。据云虽无历史地理科目，但史地教材有时包含在国文科之中。此在四年级以下自无问题，五六年级是否须教以史地上系统知识，此亦似不可不加以讨论者。

第三、男女同学问题。男女同学在中国教育界是一极大问题。稍旧之教育者极端拒绝，所谓新教育者，固亦有几许人主张小学与大学可男女同学，中学不可，其理由为中学时期正学生身心发育之时，男女同学恐发生两性问题也。此议我不谓然；我在《教育心理学纲要》讲两性问题时曾经谈及。该校男女学生有十八岁以上者，据该校教员言，历来并无何种问题，我极望反对男女同学的先生少谈礼教，实际到孔德学校去看看。

在孔德参观毕仍回北京大学，与耿济之、胡善衡、郭梦良、徐六几、翟世英等至东安市场晚餐，聚谈甚欢。八时去彭一湖先生处，直谈至十二时方归。

二十七日　星期四

早车回津，下午再至南开学校参观。复承该校校长张伯苓先生、大学主任凌冰先生，中学主任张敬虞先生殷勤招待，引导参观全校校舍及设备。并承凌先生邀至私宅晚餐，谈教育及心理学问题甚欢，直至九时方返寓。

南开历史，前曾言及，现就其学校行政组织及当日所见者约略言之，以供国人参考。该校现分大学中学两部，虽同在一处，但其内部行政完全独立。中学大学各设一主任，主持各部事务。中学分设教务、训育、斋务、庶务、体育五课，各课设主任一人，因事务之繁简，各设课员若干人；关于各课事务由各课会议执行，关于各课共同事务由校务会议议决分交各课执行。大学部因学生较少，事务较简，一切事务只由主任与各教授会议执行，不分设各课。大学现分文理科及商学专科、矿学专科三科，文理科又分言语学、算术、天然科学、社会科学、哲学与教育学五门。现行积点制（即学分制）；学生须习毕百四十积点，并考试及格始能毕业；平均计算大抵四年毕业。中学毕业生即可直接考入，无预科，此与部章及北京大学学制不同者。中学现仍四年毕业，系学年制，但因其同年级之学生甚多，可依各科之程度，分为若干组，又年限已届毕业期而所习之功课有一门或二门不及格者，并入本校大学后仍可一面在中学补习；则实际上即学科制也。中学前两年为普通科目，后二年分文、理两科，至第四年文科之中又分为文、商两科。据该校统计：中学毕业升学者，占百分之九十三，又以入本校大学部者为最多。升学人数如是之多，亦现在中学校之特殊现象也。

南开中学精神活泼，课外组织甚多。有一事颇足供各校参考者，即师生共同组织之校务会也。该校张校长于创校时即任斯职，至今十有七年，热心毅力，百折不回，真令人钦佩。然在五四运动之时，学生因一时之误会，竟发生绝大风潮，张先生几至不能维持，后幸校友觉悟甚速，未几即恢复原状。张先生知学校风波之起，系由师生之间不想谅解，于是有师生校务会之组织，即由大学、中学教员学生各举代表若干人，单独组织会议，凡关于各该部一切事务，除学校行政外，概由该部师生校务研究会详细讨论，交由校长核准执行。此种组织，确足以解除师生间之误会，惟亦须师生对于校务有共图进步之精神，始足以行之无弊：盖教职员之间有不以校务为前提而以个人利害为前提者，反易被利用也。吾为此言，非不赞成其办法，只因现在教育界怪状百出，事实上或不免发生问题，希望仿行者审慎耳。

我斯日到校参观，适系星期四。该校每星期四下午二时半至三时半为中学生集合训话时间，三时半至四时半为大学生集合训话时间。训话者或主任、或校长、或教员、或由校敦请名人，题目临时宣布，即以此为修身课程。学校一周内兴革及学生所发生之重要事件均在此时由主任报告。斯日中学系张校长讲演，以校内偶发事项为讲演资料，予学生之印象甚深。其中有"我们相信教育能解决一切问题，犹如宗教家相信天上有天堂一样；天堂之有无，虽无人能证明，但在宗教家之感情上总称是有的，总得设法向天堂走。教育能不能解决一切问题，现在虽不能证明，但教育者应当信以为'能'，向前努力做去。"此数语吾辈教育者当共勉之。学生千余人，相聚一堂，笑则举堂哄然，静则寂然无声，平日训育，诚不可及也。我对此种大集合之讲演报告，极端赞成，惟中学学生四年之中，除此项讲演之外，不另授以伦理课程，尚不敢赞同，理由过长，当另篇详论，此不具述。

二十八日　星期五

午前赴北洋大学参观。该校成立最久，工科地质科之设备颇完备，在中国可称首屈一指。时间匆促，略一流览即返。午后二时乘车返宁。

二十九日　星期六

午后四时抵南京，寓下关中华旅馆，即电请南京高师陈启天君来谈。约翌日至高师参观，并约晤王克仁、邰爽秋、向达三君。

三十日　星期日

　　午前九时之高师晤王君等，相见甚欢。斯日系星期日，照例不能参观，因我明日即须回沪，不能久留，遂由诸君引导至各处参观一次，并在校旁菊厅午餐。菊厅系高师农科所附设，即在该科农场。厅内陈设清洁，一切点心酒菜均有出售；校内外游人在内饮食者甚多。该校农科主任秉志先生，据云极能干，一切设备均驾各科之上。现在经费除学校款项外，由外面团体及私人捐助者年数万元。教育科主任陶行知先生原思一晤，因于日前同孟禄博士赴广东讲演，未获见面，殊怅怅。餐后承王君等赠该校《教育科心理学》印刷物全份，并引至附属中校参观。该校主任廖茂如先生二十日赴京，在途中错过，亦未获晤谈。校中一切组织与制度拟于"中学学制问题"文中发表，此不赘。参观附属小学并晤该校主任俞子夷先生，以时间迫促，未及细谈，购该校出版之《助教》一本以备参考。午后并承向君引导至金陵大学晤袁自堂先生参观其科学馆，并乘便至暨南学校，五时返寓。预定明日上午参观第一女子师范与第一中校。

三十一日　星期一

午前九时即至第一女师晤杨文伟先生。因先承王克仁君电告，故杨先生在校等候。接谈后即至教务处，晤其教务主任陈希东先生，谈教育问题甚久。该校除师范外并有中学班，一切办法，大致与附中相同。十一时承杨先生伴至第一中校晤其训育主任王衍康先生，谈未久，校长陆殿扬先生来见，相与讨究学校中一切问题，直至十二时方罢。陆先生极诚挚，办事热心负责，学识亦足副之，所谈关于学制及教育上重要问题，具拟在教育杂志发表。彼任一中校长职仅一年，此一年中所经历困难甚多，波折亦不少，现正拟刊行纪念册，将其失败成功之一切经过直陈于社会，以供参考。并谓彼等办理一中有六字自勉，即"不负气、不灰心"。此六字本抽象语，无论何事均可适用，但治教育者更不可不服膺。盖教育乃工多效缓之事，若无毅力，势必中辍；又因教育负改良社会之责，一切设施与现时社会习惯，总多少有不相容之处，最易引起社会反感，若因一时之气而愤愤不平，洁身引退，则永无达到目的之日。此六字，我愿一切教育者共勉焉。因事急须附车回沪，午后一时即回寓，夜十一时到沪。

中国公学风潮未发生以前，我原预定从十月十四日起，在上海各校参观两星期，即赴南京、北京、天津、杭州各处参观，其意盖以为欲谋学校之教育能与社会生活接近，及确定教育方针，使中学教育能与小学大学教育相衔接，均不可不从事实际考察。现在虽不能照预定计划进行，但先参观京、津、宁各处，再返观上海杭州等处之学校，结果当无二致。惟以六日之力，参观十余校，每校所费时间均只数小时，各校内容，一瞬之间，自不能望其毕露。即与之接谈者，亦因时间关系，未及详加讨论。上文所论列者，自信错误在所不免，尚望各校执事加以指正。我所提出之教育问题，亦望教育者加以讨论。

我此次参观各校之主要目的，为学校行政之内部组织，其次为学生团体活动，再次为理科设备及图书馆；对于教学因时间过迫俱未细察，故上文论列均未及之。

此次参观对于中学特为注意。综合各教育者之谈论，有下列数问题为目前各校所感困难者：

一、学生入学与毕业后出路问题。

二、学生增加无法收容及学科制问题。

三、中学教育以升学为目的抑升学与职业兼顾问题。

四、考试问题。

五、训育问题。

学生入学问题。忆本年七月间陆殿扬先生曾在《学灯》有一文论及，阅者当可查阅不再赘；惟中学系介于小学与大学之间者，入学问题与中学本身及小学校之关系最大。毕业后出路问题除中学本身与大学之关系外，更牵及于社会，盖照中国现行学制之规章言，中学固以升学为目的，但在事实上则绝不然。就我此次调查所及者，只有南开中学毕业升学者有百分之九十三，其他各中校毕业升学者最多不及百分之五十；然此犹指都市而言，内地各中校毕业升学者当更少矣。此时国内专门学校有限，每年不能收容如许中学生，则毕业者势必有一大部分在社会谋职业；且因学生个人之家境及个性关系，亦不能尽入专门学校，则一部分学生如何处置。欲其在社会上谋职业，则照现行学制之中学，四年之内，实无相当之职业训练，绝无有适当之生活技能。即曰有之，此时社会上对于学生犹以"读书人"相待，亦未见能引用。则此一部分毕业生，主持中学教育者，果有何方法以使之各得其所；实现今中学校之一大问题，急须详加研究以求解决者也。

学年制之戕贼个性，学科制之较为完善，教育者几莫不知之，然以部章、人才、经济种种问题均不敢骤然变更；年来国内专门学校之程度逐渐提高，中学四年毕业之后，入学颇感困难，于是有主张五年者（如长沙之岳云，明德及南京之一中是，惟一中是省立，章程变改颇有束缚，于规程上加一但书曰"但遇特别情形得延长为五年"，据陆先生云，该校之第五年，拟由校友会名义举办），但亦无统一办法，此亦现在主持中学教育之问题也（写至此适报载全国教育联合会在广东开会议决中学以下采六三三制，则此问题当可解决）。第三项有两派意见，张伯苓凌霁冬诸先生主张中学完全以升学为目的，不加职业教育，陆殿扬、王克仁、邰爽秋诸先生与我主张中学加职业教育。此问题与第一项、第二项有连带关系。学制系统既解决，则此问题即可迎刃而解。第四第五两项讨论者甚多，理由散见报纸杂志，惟至今上午适当方法解决，尚望主持教育者，划定范围，逐段研究。我对此将有长文发表，此不再述。

我此次参观所及，觉得各教育者有一种共同之新趋势，即对于现行学制抱有不安之态度，而思有以研究改革之也。此种趋势直接固由于五四运动而后思想界大起变化，将从前之部章迷信打破有以致之；间接实由现行学制本身不良，不能以满足社会需要有以使之然也。现在学制系统此次教育会联合会议决，可以大定。但施行之困难甚多，施行后所产生之结果能否如现在所期望者，更难预定，则此种态度不可不继续保存，研究精神更不可不继续增加。此心此志，愿与一般教育者共勉之。其他关于教育上之诸问题，一时不能忆及，以后再谈。

吾此次游津、京、宁三处为时共两星期，社会现象之足以引起我感触者甚多；最足以使我不忘者，北京城内，黄如磷光之电灯，南京下关彻夜喧哗之旅馆。吾居京数日，眼为之败，居宁数日，神为之昏，不知久处其地者，果如入鲍鱼之肆，久而不觉其臭否。友朋聚谈之足以使我不忘者，为二十七日在北京东安市场与亚洲文明协会之夜谈，二十八日天津凌霄冬先生家之夜宴，与南京菊厅及第一中学之畅论教育问题是也。

北游杂记二

民国二十年五月三日　星期日　晴

　　午前七时起，料理诸事，八时半起行。五时至南京江边渡江过浦口。热达八十一度，头晕口痛。车七时开行，晚餐时购沙滤冷水一瓶饮之，大便骤通，较舒服。

　　今日有两事可记：（一）京沪车上与两日人对坐，彼等手不释卷，并将阅毕之报纸剪存。所剪者为《大陆报》之对于中国贸易统计，其人之地位颇不低，似公司经理，此种精神国人最缺乏。（二）在津浦车上见一李某（因卧车外均有姓名，故识其姓名）与其侍从谈话。满口官僚腔，而其侍从之满口"是是"亦足以配之。李年约四十，面团团如大腹贾，携其肥胖相似之妻同行。听其口气似为财政官。口口声声夸自己节省，谓家中老太爷只请两人伺候。大奶奶二奶奶病入医院，每日要数十元医药费无法出，嘱其侍者住在公馆，诸事要节约，并责以每月拿津贴十二元除去膳食外应余钱寄家，侍者除赞美外并谈及某老爷某小姐之私事，此二人很可代表现在中国的官场现象。惜无暇详写耳。

五月四日　星期一

上午阴，下午雨，温度上午七十，下午六二。

六时二十三分即到徐州车站。中国废府已十余年，独铁路邮政之地名仍称府，行政之效率可知也。下车直寓徐州花园饭店十一号。房间大而陈设坏，日取三元。八时去中华书局晤经理王敬之君。上午同去参观徐州中学初中部，晤其数学教员高季可君（近日因经费问题，各校长多去省请款）。据谓读我书不少；系前江苏五师毕业，教育常识颇好。他说现在学校一切科目均成为文字讲授，自叹设备不好。参观其理化、数学、国文诸科教课，均除讲授文字外，无他教具。且以校舍狭隘，教室即为自修室，而桌椅过低，学生曲腰写读，于身体尤为妨害。参观其图书室，仅一见方地，藏书不到百种。我以为此不仅是经费问题，无读书习惯实是一大原因。他谓此地学生颇俭朴，但除读死书外，不肯作他种活动；但如活动又易受不良思想之引导，实一可研究之问题也。当要求讲演，却之。

继至公安街小学，晤其校长吴君，全校学生二百八十余人，分六级，每月经费不及二百元，教员月支十八元，尚须自备膳食，其生活之苦可知。但据王言，钻营者大有人在，校长亦常更换。吴君着一粗毛灰夹衫，已破数洞而未补。学生均女子，盖前为女子高小也。校具极简陋，几无参考书可言，但正在改建办公所，据云系募捐而来。

继至公共图书馆，晤其馆长李正昌（号运周）君，据云曾在上海见过我，曾任教育局局长；年四十余，颇精干，办事亦老练而善交际。该馆成立仅年余，经常费三千元，竟募购得新旧书籍万余册，且有若干日籍。此外如木刻二十四史等，颇为外间所不易得。

继至大巷口小学晤校长孙君。校舍极狭，仅教室四，办公室二，不及两方丈。但学生四级共有二百七十余人；表册亦不少。经常费每月一百三十余元。教师不用教本，均自编讲义。当地人士很为宣传，恐鱼鲁亥豕，贻误学生，或亦难免。盖自编教材非有优长学识，丰富经验，充足时间，充裕经济莫办，绝不能责之人人。到该校正十一时，值放午学，很以为异。据云此地人民习惯每日两餐；早饭十至十一时之间，夜饭四五时之间，故于此时放学。未及参观其教学，托王君代觅其讲义一份。

下午同王君去徐中实小，晤其教务主任周鸿

仪（号柳堂）君，教育常识颇好，学校即张勋生祠，故校地很宽敞。学生二百七十余人，经费每月千一百余元，除去地方教育指导费外，月有九百元，较公安街多四倍半。设备虽较好，但趋于形式；其组织一如江南之实小，有所谓市政府，乡镇等名目。无专科教室，每年级之教室中备有学生阅览之书若干种，图表若干种，但书多近日之文学作品，颇不适于小学之用。教学情形尚好，幼稚园尤难得。

继至铜山县立师范晤其训育主任王君，亦谓读我书甚多，并欲请讲演，却之。全校共四级，中师各二，学生共二百七十余人。经费每月千元余。据其计划表，拟采用道尔顿制。但少参考书及其他设备，恐采用亦多困难。晤国文教师史君，谓吾局高中历史教科书过深。当请其将意见以书面写寄。

继至女中，晤其事务主任侯佩蘅君，据云前曾听过我的讲演，坚欲请我向学生说话，仍却之。校为府衙门旧地，故宽敞而疏落。此校设备较好，有图书室，藏书可三四百种；有理化室，略备粗浅仪器；有艺术室，略有石膏模型及画架。因已过三时，仅有图书一课，正教静写法。

四时半返寓。以明日放假，决定明日去开封。

今日之感想如下：

一、穷为中国教育上之最大问题，要谋教育普及，不独不要拘于现在的学校形式，即教科科目及内容，亦宜尽量求简及与社会需要相合。

二、中国地方太辽阔，语言（如南方官话说"能够不能够"，北方只说"能不能"，南方说"房子"，北方说"屋子"）习尚均相差太远，除了基本的人生知识与国民常识外，课程应尽量予地方以活动余地。

三、"陋"亦为中国的顶大问题，其情形正与"穷"相等。这所谓的"陋"不是指由物质的贫所发生的，而是指由习惯的"愚"所发生的。如房屋用具之不整洁，与无求知的习惯等。我以为倘若我们有了求知的习惯，虽无充裕的经济，但绝不至设备上全无计划（与其作形式的什么市，不如将其时间来整理清洁，将其制招牌的钱来买书）。

四、人民的知识实太幼稚：一面要提倡读书的风气，一面要努力于基本知识出版物之发行，用大量生产及有组织的方法，切实从开通民智上着手（当然要从政治上努力制造应用知识的机会）。

五、感到此次新编之小学教科书无多大益处（详编教学书，或于营业上有所补助）而《国民百科辞书》有立即编辑之必要。

六、贫与陋之现象既如此，个人物质生活上应力求节约，求知欲亦应努力发展。

在社会现象中当补述者，即此地币制之紊乱。每圆换铜圆五千文，但除极少数之四川当百当二百铜圆外，概系当地商号的票子。而票子又可将一千或五百文者分成两半（横分）以二百五十或五百文作用，可称奇事。

昨日在车上想到人生问题。以为人之生与死为自然界之必然因果，生为出发点，死为目的地，所以有生之日即待死之时。不过在此生与死之间却不得不谋过渡的方法。就人生的本体说，也如草木一般，不过是若干原子的集合体而已，本无所谓意义。只因这"不得不"的时间太长不能不假设若干意义以免生活机械化的苦闷。于是有以宗教为最后的归宿地者，有以国家惟一的实体者，而努力将其毕生的精力牺牲于其上。实则一切假设都是"自骗自"的把戏。人生的活动，原可以食与色两字包括之。不过仅仅食与色的满足，绝不足以使人愉快，因为这两件都是暂时的；物质生活不能解决的人，自然要努力于求食，两性生活不能解决的人，自然也要努力于求色。可是二者满足之后再无一种更高的理想以为追求的目的，则人的无限自觉创造性便无所附丽而要感厌倦与疲劳。若以宗教为追求的目标，因为它太渺茫，虽能满足感情的要求，但不能满足理智的需要；至以食或色为追求的目标之非永久而单调更无论矣。故我以为在各种"自骗自"的生活方法中，要以文化观为最真实而最有用：因为个人的死，固然为必不可避免的事实，而社会的绵延也为历史曾经证明，而且永久会无变更的事实。则人于自存存种之外，更当努力于文化之发展，以为这"不得不"的消遣方法，实是最要紧的事情。故人生应于食色满足之中谋文化的发展，与发展文化之中使食色满足，方称完满。故就业当注意到个人与社会的利益，求爱当注意到两性的满足与文化发展的协调。倘有其一或二而妨害其他之二或一，都不足以称完满的人生。这可称为我的文化的人生观。

八时半，敬之将车票送来，并凑足五十元为零用。

夜间，军警查栈，询来由至详，但态度尚好。

因隔壁住有某师长，开留声机，甚闹。

五月五日　星期二　雨　下午更大

早七时敬之带同学生一人来照料行李，敬之并送至车上。车八时起行赴开封。下午五时半到。正下雨，车夫围抢行李，及上车则索价一元，否则放下，其凶横较汉口之脚夫尤过之。不得已请警察帮忙。车夫一见警察，则又不敢动作，卒由警察开价三角拉至新华北街中华书局。但已超出平常价一倍。途中且恐其掉枪花而将行李拖去，故特别留于警察岗位。至局晤经理王泽生君，略谈即寓河南旅社。因房屋为中国式，间壁均以板制，甚闹，雨又甚大，不能睡。致伯鸿一长函，告以昨日之感想。

五月六日　星期三　晴

此间风沙本极大，因雨宛如江南，殊为难得。

午前九时去河南大学访李廉方、刘天予、王效文、王希和诸君。廉方亲出迎，坚欲讲演，约以下午四时为教育系诸生讲中国教育出路问题。当由廉方、天予陪同至第一小学参观，校址甚敞，办法与形式略如南方。赴博物院，见陈列各种风俗及人种模型，据云系冯玉祥所为。藏佛像甚多，均系洛阳所掘出者。赴图书馆：以圣庙为馆址，藏书数百种，复藏新郑出土之古物，钟鼎、爵觥甚多，甚难得。正午由廉方等四人宴于又一村。菜中黄河鲤鱼味极美，一鱼两吃（一制汤、一清蒸）更为别致。但鱼价甚昂，每鱼须两元余（据云每斤要二元五角）；饭后效文坚欲拍电影，乃同返寓取电影机，则见河南二师校长王春元（号纪初）君一函并高芝生君一片，坚请二时讲演，以已与大学约定，复以明日再说。同至龙台，为宋太祖鉴座旧地，在城外，两面为长河，中夹一堤，台高十余丈，据云系宋时遗物，现改为公园；当摄电影二十余呎。寻至铁塔，高十三层，二十余丈，形如竹笋，皆琉砖为之，佛像甚多，且可登；甚伟大之建筑物也。塔后有铜佛一，高三丈余，其伟大为素所未见。三时去河大参观，从大门起遍贴欢迎我之标语写有"教育专家""导师""中国教育改造者"等词，真是哭笑不得，由此可知标语病之传染力量。其校舍之建筑地面均甚好，惟藏书不多耳。校旁为省党部，前省议会旧址，富丽堂皇，为他省所无。

返寓，泽生来访，约定明日还请廉方等。四时第一女师校长卢文齐君来访，坚欲请演讲，十时高级中学又来电话请讲演。如此忙碌，非病不可。到平非静养三日不能见客也。

五月七日　星期四　晴

午前八时半去第一女师，头门内仍贴有欢迎标语，略为参观，即停课请讲演，题为《中国女子教育问题》，以嫁妆教育、装饰教育为现在女子教育的症结，而以经济独立为诊治之方法。十时去第一师范，参观半小时，亦停课请讲演，题为《教育零感》，将缺乏求学习惯、注重形式、不注重实际生活三事略为说明。十二时由高芝生及王纪初两君邀请午餐。

下午本约定去高中，并由其教务主任钱鹤君接洽定为三时半起讲演。一时三刻正在酣睡。茶房破门而入，持何广汉（号翘森）君名片来请见，谓高中学生将于三时去参加游艺会，请于二时半去讲演。

二时将出门，又一陆建唐君拦门请见，请将讲演改至夜七时或八时。因有宴会，约以明日下午二时半去。

二时独去北仓女子中学及两河中学参观，均私立。北仓年有经费万余元（赵侗之产曾拨归该校，现收回，由其家年垫七千二百元，余为中原公司捐款），两河仅公家津贴二千元，余概为学费（每生每年二十元）。两校均初中，图书各有千数册，颇为难得。到两河时见一女教员教初中学生唱歌，正教黎明晖作之《蝴蝶姑娘》，深以为异。阅其他各曲，亦均此类。询其当事人，据云，教师为苏人，在一师教歌舞者。教师范生以各种教材尚可说，教初中学生亦以此，颇不宜。

两日来之感想如下：

一、北方学生甚俭朴。女生均布衣，且极少用脂粉者。在北仓见女生均自己洗濯衣服。男生亦未有一服西装或绸衣者，此在南方实不可得。盖此地尚是由农村走入都市之过渡地方，农村之旧习尚未尽去也。（大学生每年二百元，中学生每年百元即可过去）。

二、不清洁。男校尤甚，无论何地均可看见纸屑满地；衣服不整齐者亦多。女生较好，但与江南比则远不如。不过江南之修饰成为病态美，此地之不修饰尚有自然美也。

三、设备不注重为中国各地学校之通病，北方尤甚。即以桌椅论，不整齐与破碎者极多，且高低不称，学生脊柱常受影响而弯曲；至于电灯光线不够，与无电灯（电灯公司之电常有毛病）而用洋灯之与目光有损，更无人注意及之。

四、教具素不讲究，故一切教科书均为文章。看某校上生理课，由教师印极详细之表，而无半张图，更无标本。

关于一般社会之感想如下：

一、人民甚勤朴。但知识甚低，对于官厅尤服从。省县两党部之富丽堂皇，尤为他省所不及。

二、生活低廉。乡人每月二元，学生三元即可过活。交通不便，水利不讲，一切都靠天吃饭。国际资本主义的势力逐渐扩张，更无法生存。惟有沦为匪世界而已。

三、此地教育经费自十年李廉方任教育厅长确定契税后，至今未曾动摇。今年除每月照发外，还有余款还四五年前之旧欠：此为中国全国所无者。

夜在又一村宴李廉方君等，到李、刘、王、王及施友忠、高芝生、张宾、赵青与及王泽生与张某共十一人。席间，有王公度君函廉方邀我明日为注音符号传习所讲演；初本不应，因廉方固请，乃允明日午前十时去。王为教厅三科科长，该所即在教厅也。

席间闻知开封私立中学达十校之原因，为近来因军事影响，四乡不能安居，稍有资产者概迁城内，需要增多而然。

返寓时，见街中有吹笛之小乐队（兵六人，三吹笙，一鼓鼓，一吹笛），后两人抬火一盘，又一人执一方架。据行人言系搬家。

此间少雨，故一遇雨人民即视为重大事件，每每闭户停业；盖地无阴沟，交通不便也。

馆子吃饭，先用清汤一碗，菜则由堂倌在每客之旁报菜名，由客各指定一样，亦此地特俗也。

五月八日　星期五　晴

午前八时，教育厅第三科王公度君复亲来约为注音符号传习所讲演，允十时去。八时半去民众实验学校参观，见其妇女补习班上课，年二十以上者仅一二人，余均未成年者。询以困难，据称妇女之已嫁者，忙于家事，无暇读书，未成年者亦常因家事牵制，而不能按时或长期上课，且家庭应用文字之处亦甚少，故学生与用字机会两问题亦无法解决。十时去传习所讲演，题为《乡村教育问题》：分小学教育及民众教育两部分，小学教育以实用为主，不事形式，民众教育须注意教育以外之社会生产与交通问题。教学则主张以单级、导生、诸法解决之。

十一时半将毕，王等坚请午餐，因日来多说话，胸膛感痛，本不欲去，因其意甚诚从之，直至一时半方散。午后二时去高中应讲演之约，至则全校正开运动会，乃留一名片而返。

四时孟哲赞君来访。七年前东大附中之学生也，现任《河南民报》编辑主任，相谈甚欢。

五时半起行赴郑州，火车六时开行，八时半抵郑，即投分局。经历李申祥君返籍，由同人张君招待寓大金台。

五月九日　星期六　阴

午前八时即去店同张君赴扶轮第一小学、扶轮中学、私立第四中学、私立女学参观。后三校因参加五九纪念会放假，仅看其校舍。一小虽成立仅两年，但学生秩序甚好。校长郝春林（号杏村）北平人。办事甚勤敏。有图书室，备儿童书不少，有仪器室，虽所备不多，但为此行所仅见。扶轮中小学均铁道部为铁路员工子弟所设，经费较充裕（但近亦常欠至四五个月），不受地方政治影响。小学校长佟庙华君北平人，年四十余，长此校九年，甚精干。为谈两年来军队占据学校事及应付之情形甚详。校址系租界民房，但宽敞适用。成绩室陈列男女生成绩甚多。图书室除学生及教员赠送之旧杂志外，少新书。据谓每生初入学时缴图书费五角，故经费极少，又谓学生勤操作，教室及隙地均自己打扫，且均甚清洁。中学成立方二年，共五班，初中一二年级各二班，三年一班，共约三百人，男女同学，女生四十余人，均极朴素。教师均南方人，校长黄富强君，粤人，年二十余，毕业于沪江大学；并晤教员冯维廉（名义）亦粤人，均甚英俊。据谓学校直属铁道部，不受各方影响，可自由处理校政；又谓同人均甚负责。图书馆备有《四部备要》及《万有文库》，对于男女生之处理尤为慎重，以冀引起社会信仰。下年并拟辟高中部。

因两年来军事不断，飞机时临，今日所过各校均有特建防空地洞。但据佟君言，此举亦不过聊以安心耳；实际上飞机若掷下炸弹，等不到集合已受害，若正中地洞则更无幸免。为言两年避飞机之情形，绘声绘色，可作小说听也。

今日之感想如下：

一、此地据陇海平汉两路要冲，商业颇发达。商店之形式甚壮丽，但文化甚低，学校亦甚少（两中学，五小学），出版物除教科书外，最流行者为半旧半新之小说。

二、因交通较便之故，人民较清洁，各校之清洁程度几与江南各校相等，徐州、开封远不如。

三、冯维廉君言中国地大物博，各地方生活情形，教科书应注意将各地方生活习惯，互为介绍，以谋全国之统一。史地中应特别注意及此云云，甚是。惟各地方之特殊情形如何，事实上不易得明确之材料。若交通发达，隔阂自会减除。

四、冯黄言下对于本地生活颇不满，但待遇尚好（每月教员一百三十元，教十六至二十小时）事尚易办，故勉强留之。此实中国社会上之一大问题：

凡能力较好之人，均不愿去内地，实交通有以阻之。但求学习惯之不良，亦一大原因。若有好习惯，尽可于必须之经费中筹一部分购订书报，亦何尝不能求进步（近豫教厅拟筹百万元为各校设备，但不知如何用法；用不得当，有款亦无益也）。

上午去中国旅行社定票，因系中途车，须明晨九时方有正式之票出售。因大金台甚闹，下午移至国民饭店，甚清静，午后静卧几二时。店员宋世有君送沪寄到之《教育建设方针》二十本来。当告以斟酌赠人。

四时去外摄影，风景平淡，天气又暗，无所得。

饭后无聊，去双庆戏园看戏，所演者为滑稽杂耍，不感兴趣。

五月十日　星期日　阴

午前九时半出寓，由郑局张君送至车上，十时五十分开车。头二等拥挤异常，仅有上铺四，幸昨日早至旅行社得购一票，否则无铺位矣。

因热达七十四度，夜间不能睡，三时即醒。

十一时半过黄河时，曾摄电影二十余呎。过河之铁桥二百余墩，车行二十分钟，建筑诚伟大。现在河水干涸，只五分之一之河床有水，如黄泥浆，泊岸之船极少。

车停黄河两岸时，见黄丘之下土洞甚多，洞外有门窗等，询之同车者知系本地人之住宅，旧戏薛平贵回窑之窑即此物，南方绝无所见。惜时间促迫，不能入窑内看其详实情形也。房屋低小；屋顶均以泥糊麦秆而成，略作曲形，非如南方之作人字形也。

五月十一日　星期一　晴

七时过保定，下车摄电影数十呎。十一时四十五分到北平前门车站，楫已在站招手相迎。下车后同去分局晤经理周支山君，由周导至东交民巷利通饭店，即寓居于此。楫君于七时邀至且宜川菜馆，八时同至彼校。据谓师大自去年起男女宿舍完全开放，故约我去一看。彼现与妹同住一室，颇精致，谈至九时方返。

五月十二日　星期二　晴

数日来旅中疲劳异常，拟休息三日，再看学校。故早起甚迟。

十二时，楫君同其去中国医院诊病，她之鼻病已半年。完全为气候关系，故久不愈，暑假后去沪，当可不发。

下午四时同楫君去北海及中南海公园，风景甚好，地面亦寥廓，但游人甚少。在中海池畔石上坐谈移时而返。

五月十三日　星期三　晴

午后嘱分局预备明日去西山，后日参观学校诸事。下午楫来相与闲谈，至晚餐后方去。

五月十四日　星期四　晴

　　早八时分局以汽车来，即去师大约楫君姊妹及叔和去西山，十时半达到，先游八大处，至第四处即大雨倾盆，且杂大雹，半时方止；再上时衣履为湿。但远瞩雨后山景颇为爽适。一时半去香山，午餐于路旁小馆。三时去碧云寺，看中山先生停枢处。寺中惟水泉院最幽静。四时去玉泉山，泉水清澈异常。五时去燕京大学访张东荪君。七时返。

五月十五日　星期五　晴

　　午前九时常燕生君来访，请其代约李大年、余子渊于午后一时前来此午餐，当与王绰然君同去燕冀中学女子部及市立第一小校参观。女生仅十余人，单独设校颇不经济，设备亦甚简略。

标语在北方成为流行病。第一小学中即贴有"某某先生来是我们的幸福"之语数张，均为教师所写。看其上国语时，对学生无从解释，盖语言之含义，原只如此而已。六年级教六厘法，系本局教本。此法固不适社会需要，教师照教授书念，更无办法。英文照直译法而不注重发音。一二年复式手工，教师在黑板上画若干折形之线，而不实际教之如何折，亦系教授书所误也。

十一时去市立第四中学，校舍很宽敞，学生很朴素。此校在平市中最难得；盖校长每任职达八九年，而对于学校之用费限制极严：通知家长，每年不许超过一百七十元也。图书馆仅两小间。藏旧书五千余册，新书甚少。

五月十六日　星期六　晴

午前八时半，同王君去北郊看改良私塾二：一名广育学校，校长（教员也是他）丁君，年约五十，以私塾方法收学生七十余人，学生纳费每月自一角至一元不等，并有免费生二十余人。据云每月可得薪修近三十元。学生分为四级，合一班，除教科书外并读《六言杂学》《百家姓》《千字文》等。校址即其住宅。一名丽泽小学，校长吕君，学生亦七十余人，情形略与广育等。但室内外贴有标语甚多；并有所谓教务处、校董办公处、图书馆整理委员会、出版委员会等之名目。实在均其一人之独角戏也。所谓图书馆者占面积不及一方，有破旧不堪之教课教授书百数册，灰尘已数分厚，所以须整理也。两校均于午前八时上学，十时放午学，下午一时再上课，但课程表则规定为八到九，九到十，十到十一，十一到十二等均有课。十一时看民众第一小校，则完全一初级小学也，不过学生年龄有大至十六岁者耳。男女同学。

今日之感想如下：

一、私塾以教师为主，学生入学均系自愿，故经费上不发生问题，更不受政治影响。若国家予以监督，其收效未见得比新式学校不若。

二、私塾学生甚为发达，自然是得着当地人士之信用，也可以说其办法还适合当地社会之需要（如不放暑假寒假，习珠算读《千字文》之类）。教育行政机关，何以不顾社会现状，而必各地学校放不必要的假期，与读不必要的书。

三、《百家姓》《千字文》《六言杂字》等从新教育原理上讲，固然不合，然而在现在的社会，还很有用处，教育行政机关何以不根据社会需要编辑基本课本（现在的民众千字课可以说与社会的需要相去很远）。就两校的情形看来，毕业生在社会上作事，反较从正式学校毕业者受欢迎，则现在的课程应当注意如何于迎合社会需要之中改进社会，而不当努力于强制灌输现社会所不需要之知识。

四、我国社会生活的阶段实太多而相悬太远。就北平言，城内与城外俨然是两个不同的世界，时间上至少相差五十年。若不努力于求平衡，则愈去愈远，将冲突至于无办法。

五月十七日　星期日　晴

约定觉明十时来同去故宫博物院，因楫昨日言，叔和将于十时前约同赵望云来访，久候不到，以电话促之，十一时半始同来。赵为画家，修养甚好，带赠画集两册，还赠以《美的西湖》一册。

五月十八日　星期一　晴

风大，灰沙甚多，鼻中竟干烧至于流血，眼睛亦不舒服。阅报载，北平各医院统计，呼吸病竟达五分之一，可见灰沙对于身体之影响。楫之病固由此而来，倘再不迅离此地，会将生命葬丧于此，真不值也。

八时半同王君去孔德学校参观，由其校务主任李君引导。校址为旧宗人府，甚宽敞，设备亦好，其特点如下：

一、自小学至大学，均男女同学，十余年来即如此。

二、幼稚生及一年生均教注音符号，在文字教学上得益不少，学生之发表力，亦远在他校之上。

三、于普通教室之外，并采道尔顿制方法，设理化、音乐、文科、图画各作业室（高小即如此），由教师指导学生自习。

四、教学均采自动主义，用启发式（绘图阅书等均由学生自动，教师从旁指导）。

五、图书馆藏书亦较他校为多。每年经常费五万元，图书购制费约一千元。

因照相机开关不良，于十一时即返，三时去北平图书馆访觉明。因图书馆正在迁移至新馆，故书籍零乱，无可参观，只同其在周围一游，摄电影二十余呎。四时，至建筑尚未成功之图书馆，据云共费百二十万元，但房屋并不多，书库只能容书六十万册。只因一切均照美国图书馆办法而设备又极华丽，遂致费用太多，与中国社会情形相去甚远。实则与其以如许雄资建一图书馆，不如划一部分作购书费。常年经费二万余元，但阅书人数不及一万，真可谓不经济之至。因此款为美国退还庚子赔款之一部，主其事者大半为美国留学生，自难求与中国之需要完全适合也。

书架均钢制，间隔之高低，可自由推移，甚便，可仿办也。

五月十九日　星期二　晴

午前同王君参观艺文中学，为高仁山君所创办，中国中学完全实行道尔顿制之第一校也。高十六年因党务关系被杀，由其友人及其妻陶曾谷等继续之，现已六周。设施较一般学校为好。现任校长为查良钊君。查在陕西从事赈务，由薛培元君代理。薛甚能治事，对于图书之设备甚为注重。除英文以讲授为主外，余均用道尔顿制，设有各科作业室，学生八十余人，男女同学。并有小学及幼稚园。参观毕，薛谓其国文教员闽人陈璧如女士，因四年前看我《致青年教育家》一文而辞去教员一年半后，后经几费周折，始招之返。当约其谈话，思想甚清敏，读其六周纪念上之文章亦很好，诚女界中不可多得之人材也。

四时半，支山来，谈营业及编辑上各问题，七时同至东安市场六华台晚餐。此小馆为北平之最时髦而最贵者。其鸡绒汤包，系将鸡汤成冻包入面皮中，蒸熟后，包中全为汤水！颇不易抓入口，菜四样，共四元余。

五月二十日　星期三　晴

午前八时荆植新君来访，八时半查勉仲（良钊）君来访。查述其在陕西放赈，所见灾民之苦为人所想象不到。并谓今春曾为绑匪绑去八十一日之经过。以为人到极苦处，什么都平静。卒以无条件放回。归后仍无所惧，而继续从事于此。九时同王君去师大中小学参观，晤中学主任张鸿来（号少元）君小学教员某君。设备教学一如普通学校。中学图书馆尚有书数千册，小学之新书籍甚少。两校未及两小时即毕，只是走马看花而已。十一时一刻，参观师大图书馆；建筑既不适用，书籍亦甚少，晤其主任黄象文君。十一时三刻访李湘震（建勋）君于教育系。该校原有教育阅览室，但书籍甚少，中国新书尤少。李之名久熟，但见面为初次，颇爽直。请其为《教育界》作《中国教育的出路》一文。

三时半，瞿菊农君来访。据云甫自定县来，为谈定县平民教育会之情形甚详。他们从美国方面募集基金数十万（现每年用二十余万元）在该县作实验。认定中国现在的问题，为穷、愚、弱、私四事，故以生产、文艺、卫生、公民四种教育补救之。其进行方法，完全注重从农民现在经济能力、社会习惯之下逐渐改进。用"表证式"使农民从实例中自愿改进，不为施予，亦不借政治力量。经过五年的时间，据说颇有成效。其方法未尝不善，但如此迂迟进行，不知国际压迫能否等待耳。

五月二十一日　星期四　晴

午前同楫君去颐和园。园为清慈禧避暑地，建筑甚雄壮。有山有水，昆明湖水之清澈尤为难得。门票极贵，全游统券售二元四角一张，楫来此多次，故道路甚熟。二时在园中午餐。

四时半，去清华园访朱佩弦君不值，乃与楫君在园中漫走，并摄电影照片。五时半正摄其大礼堂时，洪范五君走来，彼此深以为异；盖他不知我来，我不预备访他也。当由其约至校中合作社吃点，并约定下星期六同去故宫游览。六时返城，赴菊农家晚餐，席间晤孙伏园，初从法国归，谈甚欢。在菊农家谈至十时半方返。返寓得师大教育学会公函，约请讲演。

五月二十二日　星期五　晴

午前九时陶国贤来访，陶，成高之旧生，毕业于清华研究院。十时师大教育学会派代表陈、曾两君来接洽，约定明日下午八时至十时赴师大讲演，讲题定为《中国教育出路问题》。

十二时去楫君处午餐，饭后同去万牲园（现改名天然博物馆）。树木甚茂，有水田庄稼，但游人甚少。

五月二十三日　　星期六　　晴

午前十时陶君来访，十一时半朱自清君约我及楫君午餐于庆林春，谈笑甚欢。二时同楫君游天坛，摄电影数十呎。七时返寓，晚餐后即同至师大，八时起演讲二小时，听者数百人，因座位不敷，立听者不少。

五月二十四日　　星期日

午前九时师大、英一学生吉林人马文焕一谈边疆教育问题，谓拟办二日刊，将各刊物之佳作剪集于此刊之上，分寄边疆小学教师，用意甚善，但经济人力均无办法。

下午四时同楫去中山公园，七时同至黔阳馆晚餐，大吃贵州米粉。

五月二十五日　星期一　晴

午前九时，赵望云携其画两张来，盖昨日在公园中见之，约其来此一谈也。其人甚朴素，对艺技视如生命，穷不改志，将来之成功无疑。第一次见画时印象极好，几日来常想设法助之，昨日见之，更思延入局中任事。

决定下午二时去定县，午前约平民教育促进社于十一时半送车票来（因非该会不能购特快车票也），并将不用之书籍等交分局代寄上海。

上车后，中华送纸烟六罐，当取其二。适在车上遇庄泽宣、王西征、熊佛西诸君，沿途相谈甚欢，颇不寂寞。我与庄及熊均为初见，但思想素相通，故在教育上与庄、王谈甚畅（二人之见解均超出一般人之上，庄尤精辟，绝非普通留学生能望其项背）。在艺术上与熊谈甚畅（熊并将其最近所演之爱情的结晶剧情详说一次）。八时至定县车站，即有持"平"字白旗帜之人照料，乘人力车至其特设之招待所，九时方到。街上无电灯，但路甚好。

五月二十六日　星期二　晴

午前六时即起，与庄等同去平民教育促进会总办事处，晤其职员熊君、郑君。即在其食堂早点。

八时半起，晤其干事长晏阳初君，学校式教育部主任汤茂如君，社会调查部主任李景汉君，文艺教育部主任陈筑山君：每人均将其所主持之事件详加说明，大意与菊农所说者无出入。十二时汤君宴于其家，设备甚富丽，房屋亦宽敞：盖此地生活程度甚低也（鸡蛋每元八十枚）。下午二时复晤筑山由其详述公民教育之种种问题与计划。三时去城外农场，晤其主任冯锐（棣霞）君，改良农村之设计甚有成绩；五时去东门外之牛村，该村有平教实验区事务所，设职员二，理补习教育诸事。有"表证农家"，系受农场指挥从事畜牧者，其成绩甚好。有保健事务所，为该会卫生教育部所设，备有简单药品，每逢星期三、六派医生去该处诊疗。全村共一百五十余家，一千余人。每次受诊者二三十人。有阅览室，备有该会出版之书报等。见有阅报者四人，年龄自十岁至二十余岁。七时返寓，略事休息，赴晏宅宴会。各部主任均列席。八时半食毕，晏再三欲请我与庄表示意见。我谓他们之热心可佩，在中国教育上确实是一个出路，但仅从枝节着手，而不注意于整个的社会，仍恐不免发生更困难的问题：所谓一着失错，全盘毁弃也。并告以注意于养成地方独立进行的能力，与不必注意幼稚教育而以全力注意于成人补习教育诸事。庄则谓看见他们现在的设施，尚嫌其不能将所受西洋之束缚解放，遂致仍多落到现在学校窠臼处，望他们再胆大一点。晏、汤、陈三人均有答词致辩：盖他们初不知我这两书呆子如此不客气也。

今日所看虽极匆忙，但所得不少，简括之如下：一、他们认定穷、愚、弱、私为中国现在之四大病，而以生计、文艺、卫生、公民四种教育补救之。他们将此四者并列，不分轻重缓急。实则应以生计教育为目标，其他都只能视为达此目标之手段，必欲四者平列，反失去重心。然而他们却绝不承认此说。

二、从实际生活去求教育改造与社会建设的道路，方法诚然是对的；但忽视社会经济及国际势力而仅仅努力于目前的问题。结果纵如所愿，万一社会组织骤变，至少亦是前功尽弃，甚且形成一种死制度，反与社会有害，但是他们主持其事者，绝不注意及此，而且嫌其对于社会、经济、政治各方面之常识不十分充足，一切都 YMCA 化也。

三、他们方法之中最可以采取而最有成绩者为农事试验场之农事设计，与社会调查部之各种调查。

前者就现在农村的经济能力为之改进生产，后者就已然的事实中指出问题：均是根本工作。然而这种事情，大学的农科社会科及专科学校职业学校均当负责任。并不必另起炉灶也。

四、他们在成人补习教育上很能超脱东西洋现行教育制度之束缚，但学校教育又陷入现行教育的陷阱中。在乡间十岁以下之儿童可说是不需要受现在学校式之教育，而十岁至十二三岁之间，则确要一些生活必需的知识。他们将学校教育分为二岁至四岁、四岁至八岁、八岁至十二岁之三段，又中了儿童中心主义的毒，与社会不知相去多少万里也。

五、从他们的方法中联想到师范课程应该加农业、治疗等实际科目，对于现代社会背景亦当注意；小学课程应当根本改造，应以农民之生活背景及其需要为根据。

六、现在的教育可说完全失败，要改造是多数人所感得到，但应当从何处下手，则各人之意见不一致。庄主张高等教育革命：盖谓中小学之坏系模仿大学而然，倘大学及留学教育能养成真正的领袖人材，移风易俗之力甚大也。其方法，则主张就当地情形设专门学校（如东三省之殖边，工业发达区之机械科等是）。我亦赞同其说。

五月二十七日　星期三　晴

晨三时即有工人唤醒，因特快车过定为五时也。收拾毕，与庄起行出城，王熊二人则后日方返。因庄王等嫌此次之谈话时间尚不够，约定星期日午前十二时在熊家午餐，并邀菊农入座。我则于晚间大宴北平学术界。

夜因月光甚好，与楫同至店外小花园闲坐，巡警竟来干涉；谓此园为美领事署所有，不许国人入内。上海公园昔曾如此，现今已成过去，不料北平现在尚有此种事。

五月二十八日　　星期四　　晴

午前八时半电瞿菊农，告以佛西之约，他乃于九时来谈，略将昨日之感想告之。十时去基金会访任叔永、余上沅二君，谈关于中国教育问题达一小时。他们对于科学教育的补助大为失望，拟改弦而无办法。我告以两事：第一是补助农业学校，一面责其研究学术，一面责其将研究结果，注入民众生活。第二是自办师范学校，予以特殊训练，使之能担负改进农村生产之责。十二时访杜赓之、邱大年二君，即在大年处午餐。二时半访师大校长徐旭生（炳昶）君谈我之三馆制。五时访周启明、孙伏园两君，周允为《世界文学名著》译日本小品文章若干。

五月二十九日　　星期五　　晴

早八时半，杜赓之君来访，九时庄泽宣来，九时半向觉明来，十时雇一汽车同去宣外南横街岳云别业，张百熙之祠堂也。张为清末管学大臣，与近代教育史之关系甚重要。祠中存有关于译学馆及光绪二十九年十一月奏复张之洞办学章程之奏稿（此稿共二十字十二行之红格纸十六全张，两半张），其论学校教育与应学哲学之处甚详；并有遗像一。当将其遗像及奏稿摄下。十一时去陶然亭。十二时返寓。

五月三十一日　星期日　晴

十二时赴熊佛西之宴，与王西征、庄泽宣、邱大年等畅谈至四时半方返。二时罗隆基君自沪来访，约之同去撷英晚餐。

六时去撷英。此次发请帖六十余份，除有约不能到者外，共到四十六人。可谓集学界名家于一堂。席间相谈甚欢，九时半席散。共费一百元。

席间与黎劭西君约定明日午前参观中国大辞典编纂部及改进社藏书处。

六月一日　星期一　晴

　　午前九时去中国大辞典编纂处晤劭西，由其引导参观全处，其组织及工作另有印刷品说明。其主要工作为搜集、剪贴、整理：搜集司从书中集合材料（如巴字之"巴不得"，从水浒中求证），剪贴将各书同样之字与词一一剪出贴在一处，再从已剪之各片中寻遍其释义。惟经费有限（每月千元），故进行甚慢，预计非三十年不成。同时另编各种通俗应用之辞典，与出版界订契约，收垫款及版税以补助同人之生活。他谓《中华大字典》确为历史上最有价值之书，惟各字义无总括，遂至阅者得不着一明确的概念：且释义太多，有许多非现在所用者，亦宜删去。他并拟代为修改，允以返沪商定后再说。于谈话中，忽想及我之《国民百科辞书》有迅编之必要。他谈及刘半农君近发明一直、点、钩检字法，拟与我一谈，遂约定在同和居午餐。十一时去帝王庙中华教育改进社旧址，看其藏书，甚凌乱，晤王西征、庄泽宣、张百龄诸君，西征坚欲请至其家午餐。十二时半至其家，约汤茂如、钱玄同、刘半农及劭西等同席。谈检字方法，觉刘氏所发明者仍无用处，反不如四笔计数检字法之便。二时半返。决定明日去天津。楣君与其妹本拟同行，以楣现病，而我在天津济南又须耽搁数日，故我先去，俟到济事毕，再电约同车去沪。

六月二日　星期二　晴

十时去琉璃厂看旧书一无所得，当至分局辞行。

四时，支山来送行，四时三十分同去车站。于门口遇泽宣。

车五时一刻开，与泽宣谈甚畅，他并约我下年表中山大学讲学一月，当允之。

八时二十分抵天津老站，即直趋日租界明石街熙来馆饭店。

六月三日　星期三　晴

九时电告津局经理张杰三君，彼于十时来访。

十一时费鸿年来。他们谓昨日曾去车站接两次未接到。十二时同去小食店午餐，下午一时雇汽车同杰三访南开中学蒋君，及大学黄子坚。黄君习教育，泽宣曾为介绍，相谈甚欢。出访教厅厅长张见庵君及陈筱庄先生，均因去平未遇。张为旧识，陈则于近代中国教育史料收集甚富，非一谈不可也。七时方返寓。

六月四日　星期四　晴

午前八时半同分店李君去南开小学。晤其指导美国女子 Rankin 及主任钱君，谈甚欢。R 女士提议我们应注意编中国史地小丛书，专供小学一二年生之用，并介绍西书多种，用意甚善。十一时半返寓。

下午去第一女师范，看其档案，选定最初之奏议章程等，嘱由杰三派人去抄。四时返寓。

六时宴庆天津教育界于分局，到三十余人，席间致欢迎词，由陈筱庄作答。散席后，与陈谈关于近代教育史之各问题达二小时。并约定我去沪后为之续成其学制史。他则嘱其书记将所藏各史料之目录查出寄沪，待我选所无者再行借用。此行以此事为最愉快，最圆满。返寓已十一时。决定明日去济南。

六月五日　星期五　晴

早八时鸿年即来，漫谈至十二时方去。下午二时去店，晤连君，谈教育问题一时余，四时返寓收拾行李，六时半鸿年约赴美丽川菜馆晚餐。饭后并与杰三送至车站。

六月六日　星期六　晴

午前九时五十分到济，初由中西旅馆接住，因无房间而改至正阳旅馆，设备极不好，及电分局李云亭君，因年迈，由其侄通甫代表来寓，当同去胶济饭店、平浦宾馆、济南宾馆各处，寻房间均无空。最后寓于中原旅馆。李邀午餐于某饭馆，云亭亦到，为七十五岁须眉皆白之老者，但精神甚健，且能读我之《中国教育建设方针》而大加赞美。当于席间致楫一函，嘱以如不能按时起行，则以电达中原。下午原拟去齐鲁大学，因过疲而止。四时去分店，同二李游大明湖；湖在城中，芦沟四达，占全城面积五分之一，济南之唯一名胜也。

六月七日　星期日　晴

睡至八时半始起床，但实在不曾睡得两三小时，胡思乱想的结果，竟得恶梦，起床后去街上购应用物数事，十一时返寓。二时同通甫去公园一游。园甚小而布置不佳，盖树木过密也。三时去省立图书馆参观，馆长王君外出，晤其职员某君，导视全馆。

内藏中国旧书约三万册，新书数千册。新书均用开架式，陈列阅览室内，听人自由取阅。在国内图书馆中尚少见；其儿童阅览室亦如此。惟参考阅览室之书则由馆员取携。藏有汉魏以来之石刻数千方，当托通甫代为拓出。并辟有古物展览室，藏古彝器数千种。五时同通甫去趵突泉；大池中有泉眼二，水向上突出数尺，清澈异常。

六月八日　星期一　晴

午前八时去分店，同通甫参观市立第一实验小学，校长陈剑恒君，治事颇有能力，设备亦不错，为女生设有缝纫室，为他校少有。惟以行政费三分之一出《一实月刊》，而每月书报费不过十元，未免不相称（全校十三班）。

九时半去第一师范，十时半去第一女师范，设备均平常，但学生颇俭朴。图书馆书籍极少；男师有数千册，女师千数册耳，且系旧籍。照山东省各校预算，设备费占全校经费七十五分之一，实在无办法。

一师教务主任王砚晨君谈及乡村师范与师范学校问题，以为二者不宜并存。我则主张师范教育乡村化，无所谓乡村非乡村：盖中国现社会为小农制度，所谓教师均为乡村教师也。他谓地方教育行政人员养成之重要亦不下于教育，但现在师范学校并不注意及此；亦甚有理。

在一女师，其教务主任刘君谈及民国十六年革命军初占济南时之教育情形，颇觉有趣，亦中国近代教育史中之一段史料也。据谓当时一切由省党部主持，而主持党务之人，又为黄埔军官生。于是凡学校之设施，教职员之进退，与学校的规章，均非经党部许可不可。主持者则以办军校与办党的方法办一般学校，职教员非党员不用，各校师生均须早操，上食堂课堂均须排队点名。据云每天排队至十二次之多，教师学生均不堪其苦（优良之教师更早他适），而以职教员限于党员之故，教师更不能如学生意，于是风潮迭起，不半年而将此种军队式之办法打破。可是改变方针之后，师资更为不敷，盖旧者优者均他适也。去年来始逐渐恢复原状。

济南在"五三"时，受损失甚大，各学校均有军队驻扎，设备几完全毁弃，现在所存每不及旧有的几分之几。

下午二时同通甫去第一乡村示范学校，地在东门外，为旧时之医专，甚宽敞。学生三班，本科两班，三年毕业；特班一班，两年毕业。共百十六人，女生十二人；附有小学，学生年龄最大者达十八岁。校长即鞠思敏君，甚俭朴。请为学生公开讲演一次，题为《乡村教师所负的使命》。谓其责任在发展农村经济，改良农民生活，指导地方自治。于书本知识外更当注意于应用技能，及坚毅意志。并主张其加社会调查学科。讲一时余。

四时半返寓休息，六时正欲赴鞠宴，余天休君来访，谈其近来主持之社会调查工作（他任齐鲁大学社会学系主任）甚详。指导学生为实际社会生活之调查，结果甚好；有印刷品，明日拟去访之。七时赴宴，座中有省立中师各校长及教厅义务教育委员等。席间谈各种教育问题，至十时方返。并约定明日午后四时去教厅访厅长何思源，谈义务教育、师资训练、民众教育诸事。

六月九日　星期二　晴

午后二时，图书馆长王献唐来访，赠海源阁书目一册，谈半时而去。王年三十余，甚精敏，负责任。对于图书馆之常识亦不弱，其成绩颇可观。告以在馆内作定期讲演，作书评，设巡回文库（据云工人阅书者甚多）以车推书至各地三事联络读者，增加效率诸事。他甚虚心。

午后四时访教育厅长何思源君，告以义务教育，师资训练及民众教育诸事。因他正在开高等考试委员会，谈半时而别。约明后日在其家晚餐再谈。何年三十余，甚精干，其办公时间每日自早七时半至午后九时。勤勉如斯，殊不易得。

六月十日　星期三　晴

午前九时去齐鲁大学访余天休。该校为英美十三个教会所设，甚宽敞。天休所作之研究工作甚多，编有《三百字课》及改良《中国文字计划书》等。十二时同至德人所设之饭店石泰岩午餐。餐后复同至寓，谈至五时方出。

六月十一日　星期四　晴

五时独去公园购报阅读，时局仍混沌如故。默想三小时，苦闷异常。昨晚至伯鸿函。尚自以为在教育上有一自信之办法，拟与南京教育当局谈之，今日细想，则其办法亦不可靠。盖中国今日教育之与社会需要不相适应，谁也知道是由于历史上的官僚教育及君子教育与近来国际势力所造成。更谁都知道要改良教育非从发展生产（尤其是发展农产）入手不可。然而办法如何，却是最大的问题。昨日以前，我以为从训练乡村教师入手是一个办法，今日觉得很不可靠：第一、历史上的传统思想不容易改变，第二、无人负训练之责，第三、无适当的设备可资应用，第四、少年气血方刚，作事一遇挫折，便易变卦，殊不易训练，第五、即使各项均无问题，国际势力是否能容许我们如此从容干去也是问题。想至此，苦闷不堪，消极之念油然而生。对于社会既找不着出路，对个人更感到无聊。

九时天休来谈，告以所感，他以为不必如此悲观。尽可从"实际使人得利"上着手去增加生产，并举各国及其友人之往事为例。继思其言甚有理：因现在一般知识分子挤于官僚教师之两途，第一是历代士君子教育之影响，第二他们无实在的技能可谋生。倘若我们将其设施改变，使之有技能去开拓他业，自然不会挤在城市。因而将一月来萦绕之中国教育出路的零碎思想，构成一团，备明日午后六时何思源宴会席上与之详谈。天休十时半去，并约明日午再谈。此行在济见他，为益甚多。

六月十二日　星期五　晴

午前九时去车站接楫君，忽遇悲鸿同其学生数人，他们本想去泰山写生，因团体车票不能用，改至下午行。相谈甚快。正午约天休来午餐。他为乐观主义者，对于社会上之一切问题均当作参考资料去研究，所以一切对他都不生苦感。我则生活太认真，所以昨日在公园竟至无办法。六时赴何宴，与谈教育问题达三小时。决定明日上午起行返沪。

六月十三日　星期六　晴

九时李通甫来送行，天休亦来，九时五十五分车到，幸由分局虞君先占得卧车一间，得不局促。十时三十五分车南开。

夜间与楫谈及妇女问题。她以为在现在社会情形之下，女子高等教育乃非必要而浪费的。盖在个人方面，女子终不能不嫁，嫁后，即为家事与生育问题所困，无法再从事学术，只要有点家庭及人生常识，便已敷用，根本上用不着高等教育；倘欲从事社会事业，则除牺牲家庭外实无办法，然而非人人所能办到，则高等教育之一段时间与金钱多系白费。因此她自知不宜于家庭生活，而爱情又无法磨灭，在不能两全之中，只有以爱情满足生的情感而努力从事社会事业。

江浙漫游记

从上海经杭州到南京

民国二十一年十一月十八日　星期二　雨

杭州与南京本是常游之地，但由公路从上海经杭州而去南京，则此行为第一次。

伯鸿自民国十八年而后，常病患，最有效之治疗为温泉疗养。南方只有南京附近之汤山为最便。彼于月初去该处，因外出不便，于日前函嘱放一汽车去，因我须去南京接洽稿件，乃请我与楫君押车去该处一游，我们于今晨七时半起行。

十余日来都很晴朗，不料昨夜忽然下雨，好似我们每次出游，都得遭天妒一般（去年去扬州即如此）。所幸今早雨渐小，起行后，在牛毛似的细雨中微露阳光，从沪南方斜路至漕河泾即入沪杭公路，空气清新，绿野在望，颇为爽适；而新雨之后，灰沙不扬，更是公路旅行之难得机会，则昨夜之雨，反大有造于我们也。

漕河泾入沪杭公路之起点处有两亭柱，标明自此至杭二百十九公里，通常四五时可到。我们以日前报载卫生局局长胡洪基因在新路开快车致车覆人亡的消息，而今日又在新雨之后，更恐路基不固，发生危险，乃决定以七小时达到；再加途中休息及午餐，下午四时前可达杭州。同时因今日为阴历九月十九，海宁尚有午潮，并决定于十二时到海宁午餐，借便观潮，故规定车行速率每小时至多不得超过三十哩。（约五十公里）。

八时到闵行，因黄浦江横亘其中，桥梁尚未建造，渡河须以小火轮拖平底趸船摆渡。每人取渡资铜元六枚，汽车免费，但营业汽车则须纳全程通行税数元。过河后，天气逐渐阴暗，寒风袭人，雨亦渐大，而道路系沿海塘所筑者，土方尚未坚牢，经昨夜之雨更为松脆，故行车既不能快，而且颠簸异常。过平湖，路渐低斜，入海盐则路面甚狭，两车经过，须慢慢让过。在海盐境行未几，前途忽为车阻（沿途停车十余辆，无法前进）。最前一西人，带领工人数名，正在用起重机引曳堕入堤边之一新汽车，据云即系胡氏之车；此处本系弯路，又系新筑，而胡氏之速率达六十哩，遂致转弯不及而覆车。经十数分钟，覆车不能拖起，而后来之车愈增，始让出路面，听我们通过。出海盐经澉浦、黄湾而入海宁县境。此段系就旧日之驿路改建，故比较坚固，但仍有颠簸，不过不如出海监境内之大起大落耳。到海宁县城近十二时，即在城外午餐，据当地人说，今日下午一时半有潮，故饭后即去海滨观潮。

海宁之潮闻名中国，民国十八年居杭州时，曾两度观览，兹录当时之日记如下：

"九月十八日　星期五　晴

"午前七时，同李劫人、刘范猷等至新市场中国旅行社候海宁观潮专车，八时三刻方开行。沿途风景甚佳，惟灰尘极大，颇不适。十时一刻到海宁观潮处，则人山人海，拥挤不堪，旅行社之围场亦无座位，我与劫人即共踞堤边，静候潮来。

"十二时四十分潮来，远望如白练一道，渐近渐大，同时声震耳鼓，有如千军万马奔腾前进。及其退也，则海面呈浮沫，极显污浊，故观潮最好只观其来而不送之去。今日之潮高达十二呎，据云为数年来所未有。下午四时方返。

"十月十九日　星期六　晴

"因岳麓旧同学陈云卿现在海宁县署任职，日前来杭谈及海宁潮之佳处不在海宁城外之观潮处，而在离海宁城二十里之八堡；且阴历九月十七、八之潮较之八月者尤大，故昨日与伯鸿决定今晨重去海宁观潮。但陈君在杭有事，不能即归，而我们不知八堡之所在，非由人引导不可，乃由陈君函介该县县长阎幼甫及李文俊君。

"早八时即与伯鸿夫妇同车赴海宁，因中途迷路，误至临平，迂走二十余里，故到海宁已十一时。因阎县长已先得陈君函，故在署等候，见面未就座，即促李君引导立即起行赴八堡。到八堡为十一时四十分，在车上即闻潮声，下车即见潮来。因有东西两潮相撞，故声高而流激。两潮相击时，有如山崩。击后水渐平，未及全平而二潮又至。二潮激初潮之水上涌，声势更壮。至两潮相合时，波浪高出堤岸五六尺，虽经李君关照，远立堤岸丈余之坎上，然衣履亦被溅湿，否则将与波臣为伍矣。今日之潮，可称壮美已极，以观潮处之潮与此相较，相去真不可以道里计。李君谓本地人之好观潮者，均来此处，而夜潮尤美；若在月夜之下，静听潮声，远望白练，更是一番风味也。二时返县署，即由阎在县署招待午餐，亦力言夜潮之美，而邀留我等于夜间再观一次，我们以无时间，且不便过扰辞之。

"饭后由李君导至海神庙游览。庙为清乾隆时所造，殿由大理石方柱十余建成，大可合抱，高五丈余，工程之巨，可以概见；出庙至堤上散步。八时半即驱车返杭，途中与伯鸿商定赠阁及陈、李诸君以我等著作数种以为瑶报。六时半抵杭，即在伯鸿所寓之新新旅馆晚餐，谈至九时半方返家。"

今日之午潮甚小，且无观潮者，故堤岸极清静。我在海宁观潮今日已是第三次，无特别感应，而楫君则第一次。她的观感据其日记所载如下：

"午餐毕已一时半，我们冒雨走出饭店，沿着大道向左，再右转直至堤的尽头处即达高坡的堤岸。滔滔的钱塘江水横在目前，远远地传来军马奔腾般的声音，知道潮已来了。这神秘的声音愈来愈近，循着它望去，是左前方的一条高数尺的直线水沫躺在黄浊的水面上，形成一道白光，很迅速地向前奔来，冲动岸边的石墙，激成浪花，立即经我们站立的地方奔向左前方去，吼吼之声亦在这潮水进行中不断发生，只是愈响愈远，愈远愈轻，而黄浊水上那道白光，也越走越远，越远越细，以至小得如一

漫游日记

根白绒线而慢慢地看不见。

"我不觉低头暗想：神秘的潮只是如此。怡问我的感想如何，我说：

'浙江潮吗？一道美丽的白光，一阵奔腾的怒吼。它们起焉勃然，灭焉悠然，正好象征短促的人生！'"

我们在车中局促了四个小时，坐得腰酸背痛，乘着观潮的机会，在旷野舒散舒散，谈谈闲天，虽然潮不大，不能如我们的预期，但于我们的身体总是有益的。二时回到车上，继续前进，过海宁县城，即不再走沿海塘的路，而入平原旷野。虽微雨濛濛，我们不能从车窗中远望一切景色，但清澈的大气却给予我们精神上许多的滋养料。入武康县境而后，道旁修竹，亘十余里，尤为楣君所心醉。她谓幼在故乡常喜在竹园里生活，居北平时，亦每因看竹而去中山公园；南来年余，虽然泛游江南各处，但极少见竹。今日遇此长廊竹道，应为生平快事，故与我下车步行，而令车夫前开一里等候。此一里竹廊，我们漫步偕行，且兼摄影，遂至费去半小时以上，到杭州已是下午四时。但此行之最愉快者当推此竹廊漫步。

　　我们以新市场一带太闹，故驱车直往里湖之新新旅馆，但该馆无停车处，不得已而转至西湖饭店。因连生（车夫）从未到过西湖，想游览而不敢开口，楫君揣知其意，乃于房间住定后，命其开车，从湖南之公路经苏堤出岳坟经玉泉去灵隐一转，并在岳坟玉泉小憩，令连生同入内看岳墓及秦桧铁像与观鱼，偿其夙愿，六时半方返。七时半赴西园下小馆晚餐，餐后去湖滨公园小立（因曾下雨，公园椅不能坐），静观环湖灯光映在水中，因风闪动，有如歌舞明星穿上珠翠舞衣，在灯光之下周旋进退一般。两年前我们在湖滨夜谈的种种情景又一一涌现脑中。只以天寒雾浓，未半时即返饭店。

十一月十九日　星期三　晴

昨晚打听由杭州去南京，公共汽车要十二小时，私人汽车要九小时，但因昨日下过雨，车行较难，至少也得准备十小时，再加上午餐及中途休息，总要费上十二小时，所以今早六时即起，匆匆早点后，六时三十分即上车起行。

由西大街出城至莫干山一段之公路甚佳，平坦与上海附近之方斜路相当（民国十八年曾两度去莫干山，因路系新修，车行颇苦）。过莫干山入长兴境达宜兴，以及由溧阳达句容，均时而碎石路，时而泥土路，高低不平，车子跳动异常。局促车中，手足无法伸展，已觉难受；而有时泥路凹凸太甚，车子上下跳动，竟至头碰车顶而发昏；在碎石路上，则车粼粼振荡，有如在四川简阳一带坐鸡公车（独轮车）。但因要赶时间，既不能中途休息（只在宜兴城外午餐时，休息半小时），又不能开得太慢。我们因局坐太久固然叫苦，连生也常叫两膀酸痛，只望速到。这种乘自备汽车在碎石路上为急速的长旅行，不知道以为是享福或出风头，身受者则情愿乘公共汽车，车厢大可以伸腰，且沿途停靠，可资休息也。（由杭至宁若作雨天行走，则乘自备车亦不甚苦）。

由宜兴到溧阳之一段，路较平坦，且沿太湖环行，风景甚佳，但为赶时间之故，仍未下车休息，只在车窗中远望水天一色的湖面，四周围着苍翠的绿野而已。不料由溧阳到句容的一段，路面更坏，每遇低洼之处，积水很深，车子经过，不独车身车窗都溅满了污泥，有时且跳起一二尺，而每感到会蹈胡洪基的覆辙，真所谓心惊胆战，"栗栗自危"了。所幸到句容还只有五时半，离汤山不过半小时的路程，而路面亦较平，乃在城外较清静的地方略停片刻，大家下车伸伸手足之后，再开慢车前进。行抵离汤山三里的地方，远远地望见路中站立两人，招手停车，近前视之，则伯鸿与其公子铭中前来接车也。于是停车请其上车询其何以知此时必到，彼谓自有神机妙算。实则下午五时彼即携铭中在途中徘徊也。到陶庐，只六点过五分。

　　陶庐是一所私家花园式的旅舍。正厅之外，有楼房一座供客住宿，浴室即在楼房之旁。汤山本为濯濯童山，无风景可言，惟以温泉而著名，古来游者，大抵以沐温泉浴为目的（此庐在数年前只有正厅，偶有游客来居，即在正厅两旁设榻，近因金陵建都，来游者众，乃新建楼房为客室，庐旁并有军事委员会俱乐部及名公巨宅），故我们到正厅坐就，即由伯鸿夫人命侍者开浴室；坐未几，即入浴。此地温泉为石灰质，颇与日本日光者相似；浴室为池堂，亦似日本式。我们经一日之颠簸，骤下车，颇感眩晕。坐在客厅中仍觉如在车上行走而由摇摇欲坠之感。经温泉浸浴移时，精神大振；出浴室后，虽仍感荡荡，但不过如下秋千后之情形耳，眩晕已全去。入伯鸿代为预定之客室略事休息，即至正厅晚餐。由伯鸿特备此间名菜清烹鸭子等数种，相与大嚼，一日劳顿，已在谈笑中消散，而恢复平日的旧我了。饭后谈至十时半方就寝。

十一月二十日　星期四　晴

昨日到此，即感气压重，呼吸促，楣君颇以为异。告以此为温泉地带之普通情形，她谓北汤山并不如此，当为水质之不同而然。

晨六时起，沐浴后，同铭中去汤水镇上一游，市房湫隘，街道狭窄，完全内地之普通乡镇也。惟乡人再次交易者不少，挑柴者（南京附近均以山柴为燃料）尤多，以至街道涌塞，行走不易。由铭中开路，匆匆走过全街，即返寓早餐。伯鸿夫人知我素以挂面与鸡蛋为早点，特嘱厨房早为预备。楣君谓作客而有如此主人，情愿天天作客，永不归家。伯鸿则谓我们都是客人，此处只有陶保晋君（陶庐业主）是主人；再推而言之，陶君亦非主人，真主任惟此汤山与温泉耳。实则楣君不知伯鸿夫人之贤惠远不只此；盖伯鸿忙于职务，在私生活方面她固为他的保姆，在公生活方面，亦为之分劳不少也。

我虽于民国十二年至十七年寄居南京，但以尔时交通不便，未曾游览。伯鸿则以疗病之故，在此寄居数次。饭后彼乃自称汤山通，而大谈其汤山温泉。他谓汤山的温泉有五源，均出于汤山东部已受变化之石灰岩中，沿东北麓而东而南顺次排列，成一弧形。最北的名汤山温泉，为汤水镇公所所有。十七年新建镇公所，内设浴池大小各一，其设备略如普通浴池；浴资分三角、二角、一角、二百文、八十五文等，可容纳四五十人，现由商人租办，每月付租金数十元，营业颇不坏，该处之北面附设民众女浴池，东面设民众之男浴池，任人入浴，不取分文。此三浴池之温泉皆出一源，即第一泉也。由此往南约五十步，有汤山女浴池，亦为镇中女子公用，东去不远，则为军委会之俱乐部，内有浴池四所。此二者由第一泉分成，合成第二泉。再南则为陶庐，有浴池十所，浴资每次一元，住宿连饭食沐浴（每日两次）每人每日五元至十元。其泉称第三泉：但系由庐后相距二十余步之两泉汇流入宅，故有人称汤山六泉者，即将此二流分计也。由陶庐南去百步外有桃花泉即第四泉；称桃花泉者，因此泉仅于桃花盛开后方大涌，秋分量微，甚至绝源。现经某巨公掘深数尺，水量骤增，终年不竭，但闻对于他泉之流量颇有影响。第五泉在汤王庙之南，离镇约里许，惟乡人沐浴期间，但天旱则流甚微。他又谓汤山温泉，经由北平协和医院化验过，据云含钙及重碳盐甚多。以之沐浴能健胃活血，并能疗治筋骨酸痛及肺病、皮肤病、脊髓痨、半身不遂、各种慢性呼吸病；而饮用则能疗心胃疼痛、肠胃病、传染病、风湿病等。彼每来此小住，颇有效验云。我谓如此为陶庐现身说法作广告，陶保晋君至少应不收费，相与大笑。因顾荫亭君约定我们今日在其寓午餐，乃于九时半返私室略事休息，于十时同伯鸿等起行赴南京，十一时达户部街顾君寓所。

午餐后我与楫君移寓中央饭店，伯鸿等仍返汤山。寓定后即雇车访友，因与大部分人接洽稿件，而其办法又相同，为节省时间计，乃约十余人于中央饭店晚餐。十时散席，一切事务均已解决。

十一月二十一日　星期五

　　三日来劳顿异常，不事休息，势将生病。故昨日伯鸿主张今日在此或去无锡休息一日。并谓若在此，必得换房间改姓名，否则不独不能休息，且要被宴会吃坏：盖知我在京中友人甚多也。昨晚与楫君商，去无锡虽可清静，但旅途仍多麻烦，不如从伯鸿之计，当即改换房间，而以她的姓名悬诸门外，并嘱侍者如有人来访，则告以某号客人已于夜车去沪。今日九时方起，十时半雇马车去玄武湖。因属冬初，天气渐寒，虽天晴，但游人仍甚少。到码头决定租一小船自行驾驶，便在湖中停留或驶入僻偏处所晒太阳。当去与船主言明至下午五时止，租金一元。彼利租金较平时多出一倍半，亦无异议，但码头旁之警察则不允许，谓此间无客人自行驾船之事。询其故，则谓恐旅客生事或自杀，我们请其检查，告以不曾携带武器，当然无法为非作歹，至于自杀，无论从何方面看来都不像，当示以有头衔之名片，并告以我住南京六年，到过玄武湖几十次，对于湖中的地方都很熟悉，也曾自行驾驶过多次（民国十六年前确可租船自驾）。我们欲自驾船是要自由驶到各处观赏风景，采集植物标本，摄取美术照片；公园规则并无禁止游客租船自行驾驶的条文，则我们自愿驾驶，船主又经允许，当不违法。彼乃再四将我们注视，并将名片细阅，知道不会出乱子，遂听我们上船。于是我持篙，楫君操桨，慢慢从马路东之湖中驶去，但以湖水过浅，不能于通行航路之外多开航线，虽在途中水较深处驶出数次，但最多亦能离通行航路数十丈，仍须从原路绕公园前进。不过在纪念碑外之芦蒿中停半小时，卧晒太阳，并得照片数张，总算不负此行。

　　下午一时半至五洲公园上岸午餐，因游客稀少，较大之伙食馆均停歇，仅一甚小之本地菜馆名金陵者犹在招客。入内询之，则只有活鱼及鸡蛋两味：盖今日为星期五，游人在湖中用膳者极少，故只备可以储存之菜，以备万一；非若星期六下午及星期日之多备可以出售也。询其价则鲫鱼清炖红烧均取值六角，熘黄菜四角。因无其他客人，我们决定亲自下厨，请主人取鱼三尾，声明由其供给作料，我们自行烹调，价格不减；主人取鱼来谓每尾有一斤重（实际不过半斤），三尾须售二元，亦允之。于是由楫君作四川式之干煎鲫鱼一味，我作湖南式之红烧鲫鱼一味，再教厨子作一味清炖鲫鱼汤，命堂倌将桌椅移到该馆对面的竹林里，清闲自在地吃我们的鲫鱼席。直至下午二时半方返船。由西路撑回，即算包围五洲公园游览一周。抵玄武门已五时矣。当雇车至高楼门附近之孙俍工家中。他和王梦痕女士很惊奇地以我们自天而降，立即由俍工去三牌楼买菜，归来并亲自下厨，八时方晚餐，餐时为之述今日之生活情形，给他们平添许多笑料。九时半雇车返寓，惟分局送来伯鸿一信耳，无任何客人。伯鸿之计，可谓售矣。楫君谓此公真妙人且解人，将来下雪时，当为之塑一雪像以志感谢。我谓当将此意告伯鸿。临睡，将账目结清，决明日早车返沪。

青阳港及昆山

一

民国二十三年十月六日　星期六　晴

今年来楫君与我都为职务所忙，就是星期日也少外出，颇觉于健康有妨。前月与伯鸿谈及，他以为我们应当在年富力强的时候，常常旅行，以期变换环境，锻炼身体。长期旅行虽有不便，但星期尾作郊游是没有什么不行的；且介绍我们去青阳港。所以今天我们都请假一天，于早八时由家起行，赴上海北站赶九时开出的京沪快车。十时十九分到青阳港（由沪到青四十九公里）。

我们只从报上及伯鸿口中知道青阳港由铁路饭店可居，有小船可划；推想起来以为至少当是一个小都市的商港，不料在十时十五分之后，远远看见青阳港车站的路牌处，只有一座长不及二丈的公事房，连交车的轨道也没有。下车之后，询问铁路饭店之所在，由售票员很客气地指着隔河对面的一座孤零的洋房说："那就是，请过铁桥向右走下去，不数十步就到了。"我们照着他所指的方向望去，果见那洋房的外墙有"铁路花园饭店"六个见方大字。等火车开行之后，走数分钟便达目的地。

进店门有门房式之小房间，上悬"问讯处"木牌，入内告以来意，有穿白色制服之侍者引导入内看房间。饭店为一私家花园，占地数亩，亭榭池塘假山均备。其正屋为二层楼之住宅式洋房；下层为食堂，会客室及办公室等，室中设无线电收音机及沙发等；走廊则设藤椅茶几，便有人休憩。楼上有头等客房二间，二等三等各一间，及浴室盥洗室等。一切设备均西洋式；房屋租金亦照西法计算：即头等房金一人四元，二人七元，三人八元；二等为三元、五元、六元，三等二元三元（三等房只可住二人），饮食中西均备，每顿每人西餐一元二角半，一元五角，中菜起码一元。我们以头等太宽，二等太小，乃由侍者引至园中之平屋：该屋计四间，均二等，但面积与楼房之头等者相若，故住定其最左面之一间，因隔壁及前面均为花园，空气清新也。

住定后，先至园中巡视一过，平屋之左有假山荷池，池右为工人室之平屋一排，池左有小坪备石桌石凳。我们住室及楼房之对面均为绿茵之平地，并有养鸟之铁丝网小房两处，其中养白鹤芙蓉鸟等；屋后为蔬菜场，厨房即在楼房之后。设备与维持所费甚大。询之侍者知为两路局所经营，目的在发展铁路营业，提倡正当休闲；因此间之水不洁，饮水亦由沪运来，故每年赔万余元。此园本为南京富绅蒋某之别墅，因年久不用，损坏甚多，路局向之租赁，第一次之修理费亦数千元云。

店之大门临通常熟、太仓及昆山而入太湖的河。河面宽数十丈，水甚清澈，小汽船及帆船往来甚多。此地人烟极稀，且离昆山不过三公里、火车不到十分钟，而独设一车站者，据饭店经理陈君（亦路局职员，此间一切人员，均由路局调来）说，是二十六年前，英人亨利管理沪宁路时，见此地河水清澄，特辟游泳池，以便来此游泳；并设划船俱乐部（后以水中有吸血虫不便游泳而中废，只划船俱乐部开设至今），平日由会员自由练习，每年春秋两季各比赛一次，故车站设备至简。而平时之来此者全为划船俱乐部会员；彼等生活习惯与国人不合，且离沪甚近，大抵朝来夕返，午餐均由沪带来，故二十余年，除赛船时为供应观众有零食摊外，始终不能成为市集。两路局长黄伯樵着眼于发展农村经济，始于今年六月设此饭店云。

我们均好划船：我幼时最喜欢在水上生活，楫君在北平六年，亦常在北海，中南海荡舟。前年来，我们虽曾游过西湖、玄武湖、瘦西湖、南湖，但均不能由游人驾船，（前年在玄武湖中，曾经租一船自行驾驶，但非练习体操之船，无意义）。上海虽有所谓栗娃栗达，有小船出租，而是死水、河小、船又不合用，（平底）划起来太不过瘾所以去一次既不再去。此地河流广长，饭店所备之船为尖底，桨有胫，可坐荡而周身用力，颇于身体有益，故我们从十一时租船一小时（租金每小时四角），十二时半午餐后，大睡一觉，至三时又划船两小时，夜八时又划一小时。三次之中以夜船为最美：因河中一切静止，惟有我们的桨声与偶然火车往来之声打破大地的沉寂。桨声如诉，车声如吼，有如天籁，而饭店路灯之倒影映在水中有如星斗。我们在一叶扁舟之中，占有了全宇宙，少年心情陡然增长，乃放乎中流，引吭高歌。饭店侍者闻之，寻声而来，谓寒气逼人，且恐生变，乃于九时后登岸入店。

十月七日　星期日　晴

昨夜睡甚美，今晨八时方起。早餐时，陈经理以路局所印《导游丛书》之一《昆山》相赠，且力劝我们去昆山一游。据该《导游》所载："昆山是山清水秀的地方，所产鱼虾蟹类，风味最为鲜美；鸡鸭亦为著名食品，喜尝异味者不可不一游。"又载古迹名胜有十二处，其中马鞍山一处在车站及饭店花园中均可望见。我们都是山野之人，除去二十年在北平去过西山外，近年不曾游过山。该山虽只高七十丈，广袤二里，在我们的眼中不足以言山，但它那"孤峰特秀，极云烟缥渺之观"（《导游》中语）的描写，却引起我们的兴致；而况有鲜美的鱼虾鸡鸭可以果腹。所以我们于早餐后即乘十时九分的京沪车去昆山，八分钟即到。因系初游，雇车去东城桥北之半茧园，园为明嘉靖间叶氏所辟，名茧园初占地六十余亩，清初析而为三，其仲子九来得东偏之半，从事修葺，名半茧园。园中有小池及供游人休憩之亭舍，有茶及零食出售。以地面甚小，仅在其假山上小坐，即驱车入城，至北大街云记馆以鸭面及鱼面为午餐。餐毕去马鞍山。据《导游》所载，左为擘云峰，右为文笔峰，南有桃源洞，北有凤凰台，东有东崖，西有一线天诸胜。山顶一浮图名凌云塔。由之胜处，尤在东崖，石壁耸峙，震川所谓苍碧嶙峋，不见有土；傍有一小径，蜿蜒其上，莫测其所往。我们由公园之运动场拾级而上，未十数分钟即达山顶文笔峰，再以一小时之力遍走全山之小道，实觉不够爬山之味，乃在山后松林中静坐谈天，复至水城门（城墙已拆，水城门系特为补葺以存古迹者）看水摄影。四时起行返车站，五时乘火车返青阳港。晚餐后仍划船半小时：盖因陈经理之警告，不敢远游也。

此间一切西洋化，寓客室中只备冷水而无茶。昨夜与陈经理闲谈，彼曾读我书，知我姓名，且与老友王克仁甚稔，承其另眼看待，嘱侍者特在室中备茶一壶，真不胜感谢之至。

今日为星期日，由沪来游者数十人，但大概一饭即返，虽亦有租船者但为数甚少，且有雇乡人代划者。返观车站旁之划船俱乐部，则会员数十人，男女老少均赤膊划船，倦了即睡在草地上晒太阳，中西人士对于身体之锻炼相去不可以道里计矣。据侍者言：此店开张四个月，国人租船自划者不多，女子尤少；于星期日早五时车来，租船一日划至昆山者只有日本人及西洋人。据此则黄伯樵之设此饭店，与发展农村经济外，提倡国人作郊游以锻炼身体，可称作一件社会教育及国民体育的功德。以后有暇，当约集友人来此。楫君闻侍者言，告以迟一二星期我们将五时车来，划船去昆山午餐，在划回赶五时车返沪，以雪国人之耻。侍者之中有老李者，向在莫干山铁路饭店服务，自称识我。询其故，则谓十八年夏，伯鸿住该处，有坐汽车之客人访彼，将汽车停在山麓，上山下山均步行，他们视为奇闻，所以虽然隔了四五年还认得我的面貌，闻楫君言，特意恭维，而欲我等再去时，先以长途电话通知陈经理，以备预备一切。本店有长途电话及邮政电报：电话利用路局专线，信件电报则利用火车为之递送。

十月八日　星期一

　　今日下午五时必须起行返沪，早起即决上午去乡村游览，下午划船。早餐后出店过铁桥至车站。在铁桥上极目四望，只见田野中极零落的几座平房，看不见大村落；至车站则站门紧闭，并无一人。走下桥去，在写着由青阳港至常熟几个字的码头上，看见一位临时小食摊贩的老者，向他做了一笔生意（购四个莱阳梨）之后，询他附近有无市镇，有无土产可买。他说青阳港并无市镇，所有食品或杂用物，都是从昆山用小船摇来的。只有离此三里的一个村庄苏家庄或施家庄，有几十户人家，有茶饭出卖。要去的话，通过这道小乔循大路直走就是。

　　我们照着他的指示过小乔沿溪西行，穿过许多稻田，经过一个丛密竹林的农家，陡然跳出三只恶犬，挡住大路，我们捡取地上的棉花杆和石子当武器，鼓着勇气与狗作战。费了许久的时间，才通过这道关口。再前行里许，达到一个茅屋栉比的村庄，即所谓苏家村了。但只有十数户土墙屋子连接着一条街堂，无店面也无行人，更无谓出售茶饭的地方了。再走过去，看见溪流之旁几户人家半掩在茂林之中，屋前堆着尖塔似的稻草，旁边卧着耕牛，水中浮着几只鸭，连那房屋草堆的倒影映在水中，俨然一幅图画。我们为此美景所系，在那里徘徊十数分钟，而计议着将来回到乡下去的种种生活。

　　为着要满足我们跑路的欲望，归时不走原路而从田坎中的小路向着车站走不料看来甚近，但四处为小港所隔，又须与村狗作战，以致走了一时尚得不着通大道的路；而烈日当空，汗流浃背，走近大河沙滩坐下，将梨解渴，再沿河前进，以为不久可以回寓；但行不数十步，又为小港隔断，幸有乡人驾载草的小船经过，乃予一角而渡达彼岸。返饭店已十二时矣。

　　午餐后略事休息，将零物收拾寄交侍者，结清账目（共二十一元余，连往返车费及昆山所用共三十元）仍租一船放乎中流。前昨两日我们均在大河中荡舟，今日为欲探视乡村生活情形，乃划入小港。自饭店对岸之石桥驶入，沿港西行，遇乡人之稻草船，航船（代步者）甚多，彼此经过时，楫君特被注意；以乡间无此等装束之女子荡舟也。港边小孩常随舟叫洋先生洋太太不置，我们虽出身于农村，但现在则和农村相去太远了，不胜感慨系之。途中虽有村犬狂吠，但彼等不能游水，我们以桨挑水与战，彼等亦无如之何。三时一刻由原港返大河，尚只四时半，楫君忽谓我们久不乘海船，波涛经验已渐忘去，何不划至江心，听小火轮掠过，籍其波浪颠簸吾船，略尝风波之味。当即称善，且一面高唱伏尔加船夫曲，一面努力荡桨，她和之。未几，一小轮船经过，排浪达数尺，我们竭尽余力推桨前进，使舵稳船平以迎之，波浪掀吾船如荡秋千，俨似海船遇风，我们大乐，再高唱渔夫曲。直至五时始将船还饭店，匆匆取行李至车站，乘五时二十分之快车返沪，六时十五分即到北站。

此次三日之游，饱尝山水田野风味，而划船尤属难得。晒太阳三日，于健康尤为有益。当与楫君决定每月各出十元存储，专去该处划船。预计每年春秋佳日，不过六、七个月中二十余个星期日可取该处，如早去晚归，自带午餐，每次连车费船租不过七八元，我们的预算可敷用也。

二

十月二十一日　星期日

自本月六日去青阳港后，决定每星期日都去该处划船，前星期日该处开菊花展览会，以雨未去，殊为怏怏今日早起虽天阴而有雨意，仍与楫君冒险起行。幸抵该处，天气放晴。菊花会即设于饭店之花园，无虑千数种，大半均各站铁路苗圃之出品，杭州市政府及各县政府之出品亦不少。今日为菊展最末之一日，故由沪来此之游客不少，饭店中几无隙地，饮食均不易得。幸我们此来以竟日划船为目的早带午餐，不成问题。到店在菊花会中游览一过，于十时半即雇船去江中荡漾（游客虽多，但划船者甚少，饭店所备的八只船，我们租得第一号），我们初拟一直划到昆山去，但虑气力不济，时间不足，故只在大河中划一时余即转入小港，经一时许，至一不知地名之草坪，将携带之面包牛肉开水取出果腹，兵在地上采野菊花静卧，下午三时再上船划回。到饭店已四时半矣，因五时半之快车脱班三十五分钟，在将昏的夜幕中，车站竟挤满了人（大约有四五百名）；车到时，抢着爬上，车上无座位，一直站至上海。到家已七时三十五分矣。

三

民国二十四年三月三日　星期日

午前九时同楫君去青阳港（已是第九次），游人极少。午前去青阳港饭店者，华人仅我们两人，西人则有十余，均系上海划船会会员。他们除严寒酷暑大雨雪外，每星期必来此划船一次。年龄大者有六十岁以上之老叟老妇。彼等视运动会为人生之必需工作，故能如此也。

下午一时半起划船，因风大，未远荡，只在小港划三小时，于五时二十分车返沪。三等车客甚拥挤，空气尤坏，我谓之后应改乘二等车，楫君谓何划船有能干而在车上无用耶。讽喻得有理，以后还是平民化。

四

五月五日　星期日

楣君今日宴钱歌川、张梦麟、倪文宙夫妇于青阳港。前晚曾以长途电话通知青阳港饭店陈经理备五元之和菜，水果点心则自行带去。今晨八时到车站，除倪君夫人外，其余均到，钱君且携其女公子同来。到饭店后，略事休息，即去花园一游，再出店至乡间散步。午餐后租船两只，我与楣君及文宙驾一船，张钱两对夫妇共驾一船，由大河入小港，最后返入大河。两船比赛，彼等以经验不够，不能掌舵，弄得船在河中打转，结果是由我们划去给他们帮忙调整。所谓竞赛也者只是说说而已。

五

十月二十日　星期日

　　昨夜睡甚适，因昨夜约定黄九如、王独清今日去青阳港（我们已去过二十次），故今晨七时，准备一切，于八时起行赴车站，未几黄等来，九如并携其子山衣同行。当即购票上车。到铁路饭店即租二船出游，于十二时抵一小港休息，将自备之炊具取出，于草地上煮面食。独清以体重行动不自如，竟于登岸时扑地。我适在另一船中，不能相助，费楫君等数人之力始为之拽起，然已衣履尽湿矣。即由九如为之洗濯晒干。我则于食后在草地上酣睡达一小时。五时二十分车返沪。

六

民国二十五年五月三十日　星期六

　　午前九时正独赴车站；车于九时四十五分开行，十一时五分到青阳港（已游二十五次）。至旅馆开房间，则全部由西人于两星期前定去；盖今明两日为上海西人在此举行夏季赛船期也。本想静居一日，不料连住所亦不可得。但楫等不愿即返，乃电昆山赵百川县长，又谓两日方返县。无可如何，乃以长途电话高楫君，请其于一时二十分乘特快车来青，二时十一分可到，七时四十三分回沪，尚有五小时之游览，亦可满足徐鸿方之愿。电话毕，即在客室静坐三小时。初拟屏绝一切文字，但结果不独四壁之文字印入眼帘，无法拒绝，且于无可消遣之时，在火车时间表中计算来去时间与价目。由此可见我尚不能耐闲。

　　楫君、鸿方按时到，适已定五号房间之某西人不来，乃决定共住一宵。惟此为头等房，一人须四元，二人须七元，三人须八元耳。五时至六时划船一小时，划至划船俱乐部，电灯辉煌，有如白昼，无线电放音，歌声震天。西人则在其中喧饮跳舞。可谓狂欢也。夜七时至八时又划船一小时，因天凉，楫君少带衣服，致未久划。

五月三十一日　星期日

昨夜因床褥为西式，垫物过多，感热，睡不甚适。早餐后拟租船，则八船已概租去。盖每星期日，上海七时五十五分之特快车停青，八时四十六分有许多游客从沪到青。今日之人尤多；连由沪乘自备汽车到此者无虑千人（汽车近百部）而乡下人更多；沿旅馆及俱乐部两岸，以及铁桥上概挤满是人长达里许，走路亦去不通。车站与俱乐部之道旁则摆满各种零食摊，河中之船亦较前为多，旅馆隙地亦拥挤是人。不独我们所未见，据侍者言，亦是此地空前所未有。因恐七时四十三分之快车太挤，乃改于三时九分，乘锡沪区间三四等车返沪。但在南翔等快通车，本当四时半到沪者，至五时方到。

七

民国二十五年九月二十七日　星期日

午前九时同楫君携湘、淞、宁、湖、杭五孩去青阳港，十一时到铁路饭店略事休息，即出外游散，十二时返店午餐，下午租两船，由我带宁等三男孩，楫君带湘、淞两女孩教以荡桨掌舵之方法，不半小时均经学会（湖杭曾同游数次，略知驾驶之方），乃划入小港，听孩子们依男女分据两船，自由竞赛。初以不会驾驶常在港中打转，后经我们分别把舵，由彼等荡桨，结果很能顺利进行，但进程不相上下，以宁等三孩均为湘、淞之弟（杭且仅只八岁）也。四时半靠岸时，湘将桨一只在码头之木栅上碰断，照章赔偿二元。五时车返沪。

八

民国二十五年十一月八日　星期日

午前七时半携湘等五孩独去昆山。初拟于青
阳港下车，划船一小时，再乘十一时五分车去昆；
因青阳港旅馆已停闭，车不停，遂直赴昆于八时
五十四分达到。结队不行，十时四十分始抵马鞍山
下之公园由园后直上山巅。除淞外，其余四孩，均
行不由径择无人行走之处，翻越而上。山上所有建
筑物如测候所、塔、寺、灶君殿等，不到一小时均
遍历已尽。乃再从灶君殿之后山越石壁而下，复至
前面之水城门墙上。再由后山翻上经公园，入北塘
街，百花街转县西街至县正街午餐，尚只十一时三
刻。午餐毕，方十二时一刻，乃由正街东转入广仁
医院之后面半茧园。途中见有新造房屋出租，虽系

平房，建筑不十分坚牢，但占地约三分之一亩；有正房三大间，小天井二，厢房下房各二，正房及厢房均有地板，每月只二十元，据谓修造及地基共须四千余元，如此房价，可称甚廉。湘等甚羡慕，欲其母来居此。只惜彼等须求学，不能离沪耳。宁、湖、杭在山上以及半茧园等处，均双足不停，跳跃不已。带彼等旅行，颇非易事：因既须能与彼等竞走，为之照料一切，又须为之携带衣物也。幸我甚健，尚能对付；再过几年，体力就衰，恐亦不能领导也。一时三刻，由半茧园返车站，到近车站之途中，看乡人捕鱼。以水车将沟中水车乾，再以小网或手捕捉；所谓"竭泽而鱼"者是也。孩子们从无此经验，看来颇有奇趣。

归来之车，为上午十时由镇江开来之镇沪三四等车，应于三时四十六分到昆山，乃在昆即已脱四十八分，中途又等沪上开出至快车，应于五时二十分到沪之车，至沪已六时半矣。车中人甚挤，竟至站立亦无隙地，湘与淞在车上站立达二时之久。

九

民国二十五年十一月二十七日　星期日

午前七时半与楫君起行赴车站，乘八时特快车，于九时抵昆，即步行上马鞍山，风甚大，途中颇觉寒。但努力前进，体温增而寒亦减少。初自正路至玉峰亭、文笔峰，摄影一帧，再沿山路经一小石洞（入洞遂跑行）至山脚，再溯另一山路行。见有五工人，以四人在山顶挽铁缆，一人在山下跟随一木箱，此箱系于铁缆之上，中载火砖百数十块。依缆之挽转而上升，询之工人，据谓每日能挽九次，可升砖约千块，如用人挑则每次只能挑十块，每日不过四次，则五人只二百块，故此法甚好，惜其发动之齿轮过小（只五吋直径），费时仍甚多。彼等二人一班，轮流挽转。我试为之，一人亦可挽动，再从五峰阁入寺，经测候所，循灶君殿至山麓水城门，摄影数张。

再由山后入玉环湖，循山路至测候所下公园。前后计三上三下。因着软底鞋，颇感脚胀至城中午餐，已十二时半矣。饭后去半茧园。二时五十分上车返沪。归寓即将照片洗出。

常　熟

民国二十四年十月五日　星期六

　　早六时即起，六时半早点后同楫君去宾山路虬江路车站，以为中国旅行社当如其广告所言，随到随开。不意今日经由该社招待去常熟参加曾孟朴追悼会者仅十五人，候至七十二十分车方开。途中经嘉定、太仓、至常已九时五十分矣。当照旅行社所指定去寺前街大新旅馆更衣，全车连该社领导员共十六人，除楫君与我外，皆乘轿上虞山。我等乘人力车至旅馆稍息，即雇车出北门、去兴福寺。寺在虞山东麓，占地数十亩。花木亭榭，有如公园。游人甚众。除当地人士外，尚有上海清心女学之团体女生数十人。十二时一刻午餐于该寺。因导游者钱某为常熟人，为此寺施主之一，故四元素餐有四碟六盘一汤，味均可口，平时不易得也。因系初次去该地，故于逆旅中雇向导一人随行，计工资五角。饭后由彼导游三峰寺、万松林、祖师殿、拂水岩、剑门、维摩寺、石屋洞、桃源涧，由北门返寓，已四时半矣。山并不高，且有大路，故行走甚易。途中惟剑门风景最好。系数十丈之岩石中裂一缝，由缝中乱石中爬上，随时回头远望，南湖之水色田景概收目下，开阔之至。万松林回望，可远看长江。而常熟城之建筑物如星罗棋布，远列目前，亦甚有趣。两涧甚大，惜秋深无水，名不足以副实耳。

　　六时略购土产，七时去山景园（书院弄）晚餐，由旅行社预定二席；每席十六，有六碟十碗，有本地之告化鸡新松菌等，味均可口。饭后于街上遇本所同事钱歌川等十三人，由沈元财（本地人，现为本所图书馆员）领导，亦在街购土产，且寓于大新。晚九时即就寝。

十月六日　星期日

七时起，早点后，徒步出西门，拟去南湖边。出城遇一桥，并遇沈君。沈君谓经此再前行，误听为越此再前行，遂致入歧途。及询乡人而转，则已费去半小时，信步至一高桥而止。于十时赴西门内逍遥游参与曾氏追悼会。此地为一游戏场，依山建屋数幢，挽联轴幛，悬满走廊屋内。至十一时方开会，十二时半尚未散，我等因须游言子墓，新公园及虚霩居等处，故先出外至石梅，（曾氏招待处）午餐。餐毕，雇车去虚霩居，即曾氏居处，占地数亩，亭榭、花木、池塘无所不备，著作读书之良境也。追悼会致辞时有当地蒋子范者，年已七十，精神矍烁音调铿锵，演说多时，略无倦容，为吾辈四五十许人所不及。出曾园雇车至旱北门新公园及言子墓，再步行返寓，已三时半。适元财父亲及其兄送来礼物一份，且亲来相访，当辞谢不收。三时五十分至车站，本欲乘旅行社定备车，不知何人竟强拉至普通客车，上车即开行，中途停车，至六时方抵沪。

苏 州

民国二十六年四月四日　星期日

今日为儿童节，各处均举行纪念仪式。

午前七时宁即与同学尤振华及湖杭来寓，七时半与楫君及其母携宁等赴北站。因已向经济旅行社报名，当向该社换团体票乘八时十分该社之定备车赴苏州。该社计备三车共三百余人，每人均有座位。友声旅行团亦于今日旅行苏州、无锡，备车五辆，共五百余人。车站旅客拥挤异常，单独购票者极难有座位。与旅行社同行，颇为便利也。九时三刻即到苏，由车站步行至虎丘，经小街行一小时方到。于十二时在该处冷香园午餐，每桌十人，六菜一汤，味颇可口。一时出发去西园、留园，仍步行。因久未去苏，竟将西园在路东之方向遗忘而向西走过留园，乃未及入内。循大街前进，愈走愈无游人，乃疑而问询诸途人，始转入留园。儿童每人有摸彩券一张。宁等得铅笔、书本、牙刷、皮球等各若干事。刘范猷君夫妇亦率其子女同行。在虎丘起行时，其女敏君不欲乘车，随余等行；彼等先至西园，余等则先至留园，久候彼等不至，乃去西园；及抵西园，不见彼等，乃又送其至留园，于门首遇之，遂又回至西园。当出留园时，旅行社且各赠成人小面包二枚。儿童亦二枚。旅行社之团体行动至此而止。以后则听各人自由行动，惟须于八时齐集车站耳。在西园勾留近一小时；十九年夏楫君初至沪时，曾携湘同其游苏一次，在西园放生池及江干摄有电影及照片，旧地重游，颇多逸趣。孩子们则在水边山上据土丘为诚，以两人为一队互为攻守，以衣包为目的物，互相争夺。因临行匆匆，宁之卫生衣竟忘于园内，至晚饭后加衣时，方始发觉，已无及矣（宁在虎丘并遗书两册）。

　　四时半由西园沿河步行至阊门，再乘车至城内观前大街。从前各街为麻石道，宽不盈丈，现在均改为马路，宽三丈余，可走汽车。去观前本无目的，不过欲宁等知道苏州城内为何种现象耳。故下车后即步返阊门，于途中略购零物，楫君及其母先携湖杭乘车行，我携宁及尤步行。至阊门一小馆，以面为晚餐，共食面十余碗，费一元八角。赴车站时，宁欲乘马车，乃以六角雇一辆，宁与赶车者同座，得意扬扬：盖好奇也。八时二十五分专车返沪，十时十分到。当由小弟将宁等及振华送之返。

无 锡

一

二十四年三月十五日　星期五

下午三时，同楫君赴北站赶四时车赴无锡，至无锡六时五十五分，天已昏黑，本拟即在城中寄宿，因月色甚好，乃雇汽车去梅园，车费二元。上车后，因司机有三人，露夜走乡野中颇有戒心，恐楫恐怖，乃故为镇定，不二十分钟抵梅园，幸得无事。入太湖饭店后与楫道此事，她谓亦颇有戒心，但不敢出诸口耳。因途中疲倦，饭后即凭栏玩月，不去园中，九时半即就寝。

三月十六日　星期六

昨夜住十五号，有三窗（价三元八折）颇为舒适，但今日该房因有人于昨日上午定去，故晨起即迁至五号。该馆之客室共两座，一至十号为旧造，系正屋，每间均二元五角，但较闹；十一至十五号为新造之独院，极清静。现以游人甚多，房间均经预定，今日只此五号可住，其余均已客满也。

午前八时半即同楫步行去锦园，距梅园约四里，费时三十分，渡湖至鼋头渚，翻山至东岸，听涛声、晒太阳、濯足、摄影，倦则卧于乱石之上以资休息，直至十二时半方去小馆午餐。叫菜三味，费一元半，而味极坏，殊不值得。

下午本拟至五时方返，乃二时后，风浪大作，寒不可当，故三时即与楫返锦园，复至背风处晒太阳，至四时方返旅馆。于园中三乐农场售品所购土产三元余。

因下午吹风过甚，楣君颇不适。

七时晚餐于园中一小馆，蛋炒饭甚美。而取价只一角，盖乡人为园主守房屋者，带作生意，不须房金及他乡开销也。返馆遇高践四君同梁籁溟君来寻屋不得而返。约定明日七时去教育学院出席中国社会教育学会理事会。

三月十七日　星期日

晨六时半即起，七时乘人力车去教育学院，途中甚寒，至八时方抵该院，于行人道上遇高践四、赵步霞、刘虚舟、俞庆堂诸君。早点后，由赵引导匆匆参观其展览会中之图书馆及工场；图书馆集书不多，但有条理。工场之利用废物，制造各种科学用品，颇为难得。

九时开会议决建筑社屋及下届年会等案，十二时方散。此次赴会，本欲与诸人接洽《民众文库》之稿件。略为谈论，悉该院民众读物，每年可获利数千元，则无条件印行之议，当谈不到。而就各人之言谈看来，似均偏重于教育八股方面，而少社会基础，乃未深谈，仅购其出版物而已。下午二时同张炯君至梅园，因微雨，在室小坐，彼申述其在教育部任社会教育司长二年余而少成绩之苦衷，忽于《民众文库》之办法有所悟。彼去后整理得办法七条如下：

一、以一千字至三千字为各种读物。

二、从连环图画研究。

三、从通俗小说研究（《小小说》可加入）。

四、从公民常识研究（新编）。

五、从民众教育机会已有刊物研究。

六、请各专家贡献意见刊书目。

七、从民歌研究（黎锦辉有办法）。

照此办法，有特色；材料亦易集，且能适合需要也。

三月十八日　星期一

上午微雨，拟去宜兴一游，因雨而止。遂于十时三十五分乘江南汽车公司锡宜长途汽车至火车站，于汽车站购票时，询悉游宜兴善卷庚桑两洞，须由此乘早七时半之车可以当日来回。惟汽车颠簸甚厉：自梅园至车站之二十五分钟行程尚感头晕，若欲续坐两小时以上（由宜至锡共二时十分）实吃不消。故上汽车时，楫深以此次未去宜兴为憾，及经过二十五分钟之颠簸至火车站，则又以不去为幸也。

十一时五十三分车开，二时到上海。

二

民国二十四年五月十一日　星期六

午前八时独去无锡，十时三十五分达，到即寓无锡饭店。于十一时半去社桥教育学院访刘虚舟、俞庆堂两君。朱若溪、甘导伯、陈逸民诸君均来谈。俞颂华君亦在该院兼课（每两星期由沪去一次，教《近百年史》），闻我去亦来谈。即在该院午餐。饭后导至该院在乡下所设的惠北实验区，先至王家宕分区：该区有缩短义务教育四年至两年之实验班，按照农村习惯，不放星期假及暑假，收九岁至十四岁之学生；教材由该院教师指导学生研究编制，概用混合式。现在办理不及一年，但成绩甚好；上年与无锡小学共同测验，该校学生反优于锡小；当时以课文询其学生，亦能对答。现在之义务教育，完全抄自欧美富国，在中国人民实无如此经济力。学龄改迟三年，不放星期及年暑假，两年实可以授毕四年之课。教材混合编制，尤能适合儿童心理及需要。当向俞借该项教材全部，她允寄沪至惠北总部，所列书报颇多，职员均在各分区工作，总部仅一主任、一职员处理事务。至卫生所，有医师一人，上午诊病，下午轮流至各区视察，开办二月，全区人口三万余，但每日来诊者达三四十人。现在训练助手，访视家庭，灌输卫生及防病常识。同时有农业推广及合作等组织，造福利于民众者颇大。返寓已五时半。六时半由刘等公宴于西门聚丰园，八时同颂华、导伯去南门参观其蓬户实验区及工人教育部。该处为该院毕业生茅仲英主持，办理极有成绩。蓬户即竹蓬之户口，均为江北苦力。据其调查，百分之七十以上均因天灾不能生存而转徙，其余则因家庭、无业种种问题而来此。初来时大概举家住于艒艒船中，而驾驶至各口岸觅生。其职业：男为拉车、小贩，女为洗衣、缝纫等。得一较可资生之地，即将船定居于该地。俟船不能在水上应用时，再移诸岸上，举家仍住于其中。经过若干日，木板风化，不能再用，然后其积蓄之多寡以二三十元至五六十元造一蓬户。此项蓬户，在锡城有八千余家，四万余人。其人口约占全城人口六分之一，在教育治安上均属重要，但平时殊少人注意及此。彼等乃先作户口调查，举行人事登记，组织保甲；以十户为一甲，甲有甲长；十甲为一保，保有保长。凡关于卫生、教育、事业，均由保甲的议决执行。其最重要者有消防队之组织。自前年开办，现已二十一个月，从未着火（流氓因敲诈不遂怀恨，去冬放火五次，亦均未成灾）；街道均轮流扫除。就观察所及，其户内户外之清洁，有胜于上海普通弄堂。近更提倡种花，每家门前均有二三尺之小花园，更非上海中下级社会所有。平日赌博最盛，近已完全自动禁绝。在经济方面，由该院予以借贷，每户信用借款，可借两元，二十一个月之中借去九百元；但从无人不还或短少。现在因车业小贩均能生活，更提倡储蓄。由办公处制成储蓄箱，存于甲长家中；每家每月将其余钱送置箱中，每十日开箱一次，俟成整数再送至银行存储。据其统计，储蓄之最多者十日中小洋八角，最少者铜元十六枚。该院在实验区中照式制一茅蓬办公室，派职员两人，日间为之教管儿童，夜间为其成人教学，区中男女老幼，无一不愿就学。茅君同去时，蓬户中之老幼男女，无不叫茅先生。可见其得人之信仰。实验区办理未及一年，其他蓬户均起而请求同样办理，该院以经费不济却之。惟近来某区则自造一办公室，请其派人相助，该院允之。但成绩较试验区更优，以其为自动也，九时去其工人教育处，则设施与普通学校无异，但校址则由工厂供给。十时返寓，觉其深能实事求是，在义务教育实验与民众教育实验两方面，其教材尤可供人应用。途中颇思有以合作，乃约虚舟于明日午前再谈。

五月十二日　星期日

午前九时半古柏良来访；彼从社会政治经济各方面研究教育，故其见解较一般教育家为高；彼对于彼等现在之办法，虽认为较旧法为好而应当作，但欲以此为救国之唯一道路，则未免过于奢望。其言甚是：盖不平等条约不取消，关税无办法，出超无法减少；国内不安定，生产无从增加，社会经济上无办法，重工业不发展，立国无办法：枝节的努力，绝不能解决整个问题也。十时虚舟来谈，该院有北夏实验区及城中之民众实验学校，亦均有特殊工作，拟迟一二星期再去参观一次而决定与之合作之办法。就大体言，现在之学校制度与社会需要相去太远，各方面已感觉不安而各谋出路；我们仍抱残守阙，在营业上殊无办法。能与之合作研究出若干良好教材，不独社会有益，于营业亦大有助也。

十一时五十七分车返沪，与颂华同车，且遇傅焕光及吴之屏。颂华谓我们应注意两点：（一）得风气之先，（二）广大民众之需要。甚有见地，应时时留意也。

三

民国二十四年五月二十三日　星期四

午前八时同献之、文叔、汝成去无锡，十时半到锡，即驱车去教育学院，晤虚舟、广棠、颂华等，即在该院午餐。下午一时一刻由朱秉国（该院编辑）君领导去北夏实验区参观。北夏离该院约二十里，人力车费一时二十分始到。齐主任赵步霞君适患疟疾，但仍力疾招待。由其简略报告该区组织与办法后，即由该区经济指导张霞仙陪同参观第一、第二中心民众学校及仓库。民众学校之办法与他处相似，不过要负辅导普通民众学校之责任耳。仓库则系就民间住宅之空间堆放米粮，农民于米贱卖钱缺时以米麦等来抵押现金，于粮贵时取出，相当于旧式之押质所。江苏农民银行亦办理此事，利息且较低，但以距离较远，而手续又繁，故农民乐于趋此。详细情形，嘱文叔记载于《教育界》发表。午后六时半返，由虚舟、庆棠等招宴于大中华。饭后由实验民众学校主任马君陪同去该校参观。同时上课者有十班，其组织分初高两级及补习班、托儿所、工艺班。初高两级为正式之民众学校，每六个月毕业一次，教材均由教师研究实验。补习班收高级已毕业之学生，为之补习相当于初中一二年程度之英文、国文等；工艺班教妇女缝纫；托儿所则为以上各级学生之儿女而不便读书者，准其带来交与保姆施以幼稚教育。其经济方面，有同学生活互助会：即学生之职业门类甚多，凡同学之需要某种工作或物品者由他同学代为工作或购买，取值较廉；同时为之代谋储蓄与放款：即收取学生由工作收入剩余之款转放之于经济困难者，彼此供求互助，消极上得益不少。学生之毕业者有同学会，与在校者共同按职业分组若干职业团体，亦为具体而微之工会。校方每年可毕业千人，将来之发展无穷。不过我以为有两问题可虑：第一是同学会有力量之后，难免无不良分子操纵利用，第二是政府之干涉：但在现在亦无从顾忌也。九时一刻雇车去太湖饭店，献之已太累，腰痛脚酸，明日不能再去参观矣。

五月二十四日　星期五

午前六时即起，在园中散步，九时为献之等摄影三帧，购糖果数包，九时一刻同汝成、文叔至教育学院，参观其工场，十时文叔、汝成同王倜去惠北参观，我与庆棠、虚舟等议民众教科书合作办法。我拟年费二千四百元，与之共同作民校教材及义务教材与理化用品之实验研究。因践四去京，具体办法须俟其返沪后再商。十一时半起行返沪，由庆棠送蜂蜜二瓶。二时半到寓，即赴所治事。

四

民国二十五年四月十八日　星期六

七时于细雨中同楫君等三人起行赴北站，十时二十分抵锡，雨已止。初拟雇汽车，以索价太昂，正在讲价，楫君为人力车夫所包围，均强欲将其帽子交彼。彼怜其苦，嘱我乘人力车，言定先至惠山，再去蠡园，最后至梅园，车资大洋六角。不料至惠山游览后，转入梅园、蠡园歧途中，车夫放下车子再讲车价，楫君怒极而哭，坚欲其拉回车站，我与其母及友云劝慰之始首肯，而车资已增至一元一辆与汽车相去无几矣。至蠡园已十二时三刻矣。

我们常去无锡，但取蠡园今日为初次。由车站至惠山，人力车行半时，再至蠡园费一时，为程当在二十里上下。园在扬名乡之青祁，有马路直达，临五里湖滨。十六年由王禹卿建筑，占地数十亩，水多陆少，亭榭花木，假山水池，布置尚称得宜。现在正建筑新屋，其中亦可住客。惟房价较昂（自二元至八元）。我们午餐于此。饭后去渔庄，与蠡园比邻，占地亦数十亩，惟除点缀风景之小池外均为陆地。庄中假山布置颇佳（此两处均须五分购门票），游览一周，即乘车至宾界桥，连接陆地与鼋头渚（即充山之麓，远在山之西端，但人不曰充山，而以鼋头渚概全山）孤岛之桥也；本地人称长桥。经桥有马路可直到鼋头渚之长春桥，由该桥渡河，即是锦园，再三里便是梅园矣。但车夫欲省摆渡之烦，乃由长桥转回梅园。至梅园已近五时。游客甚多，幸早到数分钟，得楼上十一号房一间。

四月十九日　星期日

　　昨夜甚热，睡不适。早六时即醒，未七时起身，与楫君等在园稍散步，即进早点。八时半步行去锦园，沿途摄影采小蒜，走一时方到锦园。乘小轮渡河，（每人取资一角，木船五分），漫游鼋头渚，且上走广福寺经太湖别墅而下湖滨，至该墅所建之网球场外木场上卧晒太阳，至一时返长春桥午餐。饭后直循长春桥沿马路前行，至广福寺下入松林中之新开马路，至太湖别墅之万方楼宾馆，该馆据山巅，前望太湖，水与天齐，后望松林，绿波荡漾，风景绝佳。住室自三元至五元。再由该馆折回鼋头渚灯塔下。坐卧石下，听涛曝日，至三时半，方乘船返锦园，再乘人力车返梅园，于四时四十分返城站。因为时尚早，又去城内公园休憩，至七时回至工连桥福禄寿晚餐。八十三十四分乘车返沪。因游人过多，加车五六节尚拥挤异常。

五

民国二十五年九月四日　星期五

　　早六时半即醒，准备去无锡，幸昨晚楫君将行李收拾就绪，无多预备。临行时告楫君电廉铭谓我去锡，并电湘来面告之。于七时四十分雇车去北站。十时二十分至锡。

　　去梅园之汽车须十一时开行，乃至邮局购信封四个，致一快函于楫君，谓彼明日下午一时车来锡，可电告太湖饭店。及抵梅园则有兵站立门外，不许进去，且不说理由，询车夫，始悉现在国内建炮台，太湖饭店已闭二月余也。不得已雇车去小箕山。渡湖至太湖别墅万方楼住居。此处为王心如（昆仑）之别墅，在山巅建屋数楹，有三座客房，共十四间，均小而贵。五元一天者不过方丈之地，三元一日者，仅容一小榻、一桌、一椅耳。因系一人，拣定其最高峰（名七十二峰山馆）之小间住下。各室所悬时人（要人尤多）书画甚多，惟设备甚简，无电灯电话；沐浴另收四角一次，但热水只一小桶，而客厅尚不许旅客坐。此处地皮甚贱，房间本不必如此之小。即小而贵，且任何人付钱即可住，则明明商行为，但账房不许说旅馆，为欲保存缙绅气派也。此类矛盾，在现代随处可见，本不足怪，不过不痛快耳。夜间蚊极多，室外不能坐，室内虽有纱窗，但侍者不知关闭，故住客只有数西人。

夜间独坐庭外，遥见星光与渔火相映，静听秋虫唧唧，极想与楫君共话，只可惜彼此时不能来耳（每日只通邮一次，由送报者带去。午间又快函楫君，告以住此，交通不便，请其明日不来）。

九月五日　星期六

昨日热至九十度，夜间亦无风且床为钢条，凹凸不平，睡不适。早六时即起，七时早点后（汤面三角。客饭六角），补写前昨两日之日记，九时方毕，决定迁居蠡园，以其交通较便而设备较好也。

蠡园为王禹卿（名尔正）所经营，新建屋二所：曰颐安别业，为六开间楼房，有屋十六间，每天自三元起至八元止；曰景宣楼，在别业前至三开间楼房，有房五间，上二间六元，下二间四元，后一间二元。六元以上者均有私浴室，四元以上者均有抽水马桶、洗脸盆。有公共浴室，每人每天沐浴一次不收费。有汽车间，并有汽车汽船等出租，有中西餐所，各种冷饮，完全商业化，故陈设考究，房屋宽大，且有简章规定食宿各项办法，旅客颇便。十时半到此，别业已预定一室，在景宣楼得四元者一间。至十二时，则所有房间均售空，旅客以西人为多数。

十时三刻即叫长途电话，接至十一时三刻尚未接通，询其何时可通，则不能预定。恐电话达到，楫君仍不能赶下午一时车；且天气甚热，又不愿其奔波至病，乃白费三角五分手续费取消之。当发一快信，告以迁居此间。

天气甚热，虽湖边有风，但室内仍难受。不知何故，对于摄影亦无兴趣，两日来只摄一张，今日虽曾携镜至湖滨，但未启镜箱。

七时食毕，正从食堂出来，忽闻有女子叫声，且酷似楣君者，转眼望之，果然是她。甚为惊诧，坐定询悉，彼于一时车由沪起行，主要目的，在为我送衣服来，因日来太热也。四时到锡，即由梅园直趋万方楼，而楼之侍者不告彼以我之去处，亦不说我已结账；嘱其电此间，亦收费两角而托言电话要等候，且欲其在彼居住，故延宕至半小时以上，不明电话是否可通，我是否再回该楼。她嘱其将原住之房间开视，见无行李，知当赴蠡园，但返至鼋头渚（上下太湖别墅均步行）则已无行人矣。适有一汽车载行李开过，乃请附该车回至蠡园。但车中有客人须上山吃点心以后再去万方楼开房间，而将行李置车上，致她在该处等候一时余。又恐我不在此，且知此间早已无房间，乃与车夫约，如找不着，仍乘原车去车站于八时半特快车返沪；不料进门即见我也。夜间与之共步月下，静听涛声，别是一种世界，两日来之寂寞，多少时的烦嚣亦已涤尽。她谓昨夜不知何故，一夜未眠，今夜当可熟睡补足之。此种厮守之习惯不易改变，亦即所谓爱恋不易撕减也。十一时方就寝。

九月六日　星期日

楫因昨日疲劳，今晨八时半方起。九时早点后，在园内散步，十时乘人力车去鼋头渚。以游人稀少，单程亦须车力四角。由太湖别墅溯广福寺至万方楼，于该楼下之茅亭中静卧约半时，再上该楼小憩，则所有房间均经住满。除三中国人，其余全为西人。憩后本拟去山底之游泳处，因腹中不甚适而转向鼋头渚。本拟在该处午餐，再去湖滨静坐至三时半渡湖去锦园，由梅园乘四时四十分汽车返车站，楫即乘五时三十三分车返沪至湖滨，恐锦园无人力车，走至梅园未免太吃力，即使有车，自现在至车站亦全不能休息，未免过劳。故决定返蠡园，于一时一刻起行，四十分钟即到。去食堂购食，则全部坐位为西人所占（共二十余人），且亦无西餐，不得已叫中餐菜二，面二，至寓处之外厅食之。食毕，已三时矣。楣君须于四时行，方能赶五时三十分之车，故嘱账房须雇一车（车力四角）候之。正四时，她即上车去车站返沪。

九月七日　星期一

昨夜七时后，完全无风，八时半起忽大风，房屋为之震动，楣将于八时四十分到沪，深恐沪上有雨，彼为省节，不叫汽车，当在电车上遇雨也。

日来均热，今日稍凉。早七时起，园内走一周，吃牛奶一杯，面包三片。早点时，询此间账房以营业情形：照我估计每年可作三万元，彼谓无此数；

前月较好，亦不过千元，惟此专指房金而言，中西菜及茶座均另包他人（中菜月出租金二十元，西菜三十元为底子，生意好再拆账，茶座每月租数元），其收入不计也。全部计之，全年之数当亦在二三万元之间。据谓平时无甚客人，只星期六星期日生意较好，来往者十之八九为外国人，国人不多也。

　　就近两日之情形看来，中西人士之生活习惯与体力相去太远。此两日中，此间与万方楼之旅客，西人当占十分之九。此等西人就其生活形态言，贫富亦悬殊，品类亦不一。彼等固有自备汽车，经济充裕者，有雇汽车游览，经济平常者，亦有雇人力车或步行者。在万方楼之西，有男女老幼七八人，共住三元一间之小房两间，自带炊具，自行煮食。彼等星期五即来。其主要目的在爬山、洗湖水澡。就经济能力讲，国人之中产者即优为之，月薪百元以上之小家庭亦优为之，富厚着更无论矣。然而游览者竟如此之少。西人之品类亦至复杂：有五十以上之老太婆（本国及万方楼各有二人），有须发尽白之老头子，有摩登少年男女，有两岁以上之小孩。但均讲究步行，晒太阳，洗冷水澡。男人及小孩之短发短裤无论矣，老少妇女均短裤袒背（所谓袒背者，将乳部围以布，背与臂全露在外）在太阳中游行。国人之住居此间者。女子之旗袍高跟鞋无论矣，男人及小孩，亦长袍短褂，悠游自在，迂回漫步，以显其斯文。至于爬山上巅、晒太阳、洗冷水浴、则更未见之也。我国以农立国，农村有工作代运动，不必讲究运动，读书人则讲究斯文，不要运动。近数十年来，与西洋交通，关于物质上之享受力求西洋化，而精神与体格之锻炼，则不受西洋之影响。以故国人之有钱者，消闲于嫖赌之中，生活可过去者消闲于电影场跳舞场之中，少钱者消闲于游戏场之中。此等处所惟有颓废精神，斫丧身体，遂致优秀分子之子女，身体日坏，到也。

园中联对甚多，有两幅可见园中风景与主人怀抱，长廊中一联云："百尺爱长廊，风景宛如游北海；四时饶胜境，烟波不再忆西湖"（蒋士松撰书）；

在南方实未见倚湖长廊达数百尺者。长廊面对五里湖，且有小山环列，风景雄伟，过于西湖；盖清秀虽埒西湖，但得天然之胜，晚霞尤佳，非如西湖之人工之纤小见胜。景宣楼堂前一联云："烟水老渔情，任凭人事沧桑，且消受物外田园，眼前风景；湖山故乡好，占得天然图画，更近傍旧庐门巷，黉舍弦歌。"此联为园主自撰，下联述地势，上联则其人生观，抑亦我国名士之人生观也。近数日不看报。不读书（今日得楫君所遗之《海外二笔》偶阅数张）不闻世事，不闻局事，亦世外桃源之人也。且颇思在此处等筑室终老，不再治事，不知此种思想，表现个人之易老，抑或为多年劳碌之反响。

九月八日　星期二

昨夜因书寝达三时，晚间不能静睡。早四时即醒，五时披浴衣至湖滨静观日出。初见鱼肚白色，自东边之山巅隐约出现，逐渐见紫云层峦，起伏有如图画；未几转成金黄，有如火焰，再转而如水如镜。斯时有渔舟荡漾，微风吹拂，更将寂静变呈动态，而如火轮之初阳，则由山峰云层之中冉冉上升。此时自然之美景可以叹观止矣。抽镜摄影数张，但现之纸上必不能见其万一。此时全园只我一个人，湖中除三数渔舟外，亦无他人。而渔夫忙于生活，固不能领略风景，则此全部湖山，可称由我一人享受，一个人管领。

昨夜想将此次在无锡之生活情形记下，曾拟定题目数则，录如下：

憩之冲动。述"从此无家"与"从此不闻一切"及日常生活之机械而极思休憩，因偶然的刺激立即决定出游。

去无锡。出外之目的在休憩，故择地以静为主，青阳港火车太闹，且须游侣，西湖太洋化，苏州太旧，无锡自然环境伟大，社会朴素。

万方楼。天然环境不亚于日本之热海，夜间钟声、涛声、蝉声相和，于月夜静听，更足发人深省。

夜半撞钟，佛门须勤：振翼不息，动物须勤；与石相激，湖水亦勤；则世上无易事欲求人已两利，为社会谋进步，更须勤劳。蚊为生存，彻夜飞鸣，扰人清梦，固属可恶，但在彼则固勤也。楼主王心如为"老同志"，于其厅中所悬近时伟人之匾联知之。惟名士气未脱，故为商行为而不愿纯粹商业化。

蠹园。一切摩登，且道地商行为，颇痛快。我拟借箸一筹，请其设游泳池、游船、网球场等及与锻炼体魄有关之设施，多用广告招游客，以改变国人之生活习惯；同时吸收游资，发展事业。

中西人生活之比较观　昨日日记所写之事实。

习静记。四日来静居之经过，而归结于只可用静变换生活，不可永久静居，徒将有用之精力消耗于无用。

午间食西餐，一汤四菜一点心，外加咖啡水果，取值一元五角，味尚可。食时另有三青年在旁座，系由上海初到者，谈话时十之九用英文，二人尚流利，一人甚勉强，此种亡国心理不除，精神上便不能自强。新运诸公，但提倡礼义廉耻，独未闻注意及此，是可叹也。十一时致一电于楫，告以明日归。

下午在长廊散步录联消遣，廊中之联为西蜀何一葵撰书：

访迹自西来，远瞻霞日缤纷，红拖浙北。

问春将东去，环视烟波浩渺，绿满江南。

大门进长廊处，横额为"天开画图"四字（思耻题），木联为七字句：

是处真堪谕风月，他乡无此好画图（懋汲题）。

转弯处由华昶集唐宋绝句一联云：

千步回廊闻凤吹，两山排闼送青来。

长廊对面由一方亭，中有华世奎题"晴红烟绿"四字横字匾，旁题一黄色木联（徐用锡撰书）云：

万顷茫然，短棹扁舟几少伯；

一亭屹立，春花秋月蜀先生。

湖上草堂（在景宣楼东）之联最多，其正门一联（高翔撰书）云：

万顷漾澄波，正微雨晴初，曳将坡老茆枝，六曲回廊杨柳岸。

九峰浮远渚，趁夕阳明处，着个放翁艇子。数声柔橹水云乡。

门内左右壁题二联，其一黄色木制，陈宗彝撰书：

轻舫到青祁，看湖光潋滟，峦影空濛，畅好似圣因风景。

名园依绿水，羡家足稻粱，手移蒲柳，愿常过何氏山庄。

其二为黑漆制，范廷铨撰书：

辋川秀绝人环，琉璃世界，罨画楼台，俨然在水一方，八景溪山都入妙；

阆苑飞来天外，花木长廊，烟波别墅，愿得浮生半日，五湖风月坐中看。

正中黑漆联为孙肇圻撰书：

眼前风景不殊，宛披摩诘画图，别墅辋川开粉本；

湖上秋光如许，可有渔洋诗笔，夕阳疏柳写新词。

正厅右为黄木联，侯学愈撰，华蓺苕书：

风月畅无边，看远山作障，近水通池，贤主人啸傲烟波，少伯高踪广绝代；

林泉客小隐，喜曲榭宜诗，回廊入画，嘉宾从流连觞咏，右军遗韵想当年。

正中左边一联为孙揆均撰书：

一舫来时，正春水犹香，好山未老；

百花深处，有明月作画，微风动裾。

正中之靠背一联为丁鹤振撰书：

大好湖山，红蓼岸，白苹洲，鼓棹来游，数点烟云入画；

不殊风景，杏花村，桃叶渡，携樽对坐，几人楼阁平分。

正厅后面之棹上置有横匾一方，题曰"涵碧"，就其跋观之，知系草堂前八角亭之横额，为曹铨所题，其跋云：

蠡园以水胜，斯亭前临漆湖，与石塘、雪浪诸山隔湖相望，峦影波光，照映几席，则尤斯亭之胜也。

蠢园主人属以榜题，因执"涵碧"二字颜之。戊辰展重阳，次菴曹铨。

右屋角并置两联，一墨联为高汝琳撰书：

山泽见招，何年云壑容高隐；

湖天如画，是处烟波忆钓徒。

一黄木制联为沈寿桐撰，俞粲书，并有跋：

对石塘山麓，胜境天然，瀍湖景色无边，最宜看风雨波涛，春秋来此；

继高子水居，斯亭翼起，列岫烟云在望，真箇是晦明气象，朝暮不同。

跋云：此亭筑于乙巳秋月，原以松木为之，陋甚，当撰斯联，聊资点缀。今亭既改建，联亦重新之，以留鸿爪：不计其句之工拙也。戊辰冬月，西苑沈寿桐录旧句并识。

就以上各联观之，可见主人之交游也。

下午无聊，再在长廊蹀躞，数其壁洞，自进门至月窟（通景宣楼之处）共三十七洞，自月窟至转角出门处之二十七洞；每洞之下，有石刊一方，刊各种法帖；过此，则左壁有石刊十方，正与洞对，但洞下无之。自面湖之廊起（由十洞为左壁所掩，不面湖）每两洞之下置长椅一，短椅夹小棹二，相间为之。而题壁之字无奇不有（虽有布告恳请勿题亦无效）：有"我与某某女士同游者"，有"某某某某于某月某日来游者"，有关于两性者，有骂主人不该收费者，而打油诗尤多。在湖上草堂壁上有一诗最大众化云："有兴到蠡园，三月天气暖，同来廿余友，明年再相会。"

以上种种皆是《习静记》之材料。在万方楼完全不注意此等事。我在前昨日两日，亦未注意及此，今日则大半时间消磨于此。足证无聊之程度日深而不能静下去也。具体写起来，是一篇好小说也。

五点半想起从此无家之节目录下：

一、接继母死讯时，计划将家产全部捐作教育费，而徒感"从此无家"而嗒然若有所失。

二、并非为遗产而悲伤，因不受遗产之誓立于二十年前；计划捐遗产作教育费亦决之于十年前。

亦非对故乡有所歉然：因为除小学外，未受公家一文津贴，但对故友之相助者稍微不安耳。

三、为"家"之幻想破灭而悲伤，明知在事实上不能返故乡，但幻想着有家可归，于无聊时自慰，失意时自傲。

四、爱家之念非由于衣锦荣归，而由于爱乡村生活之闲，故乡风景之美，在主观上以为无处可寻，故爱之深。儿时生活痕迹时时映现脑中，捕鱼、吹笛、驾船之印象，永久不能忘去，故时时幻想有一日能回到故乡过儿时生活，更与儿时朋友相聚一堂，共话桑麻。儿女不知乡村生活，与真正的中国离太远，常常幻想着携彼等归去，看看祖先遗泽。

五、从前虽知不能归去，但因"家"在故乡，不时尚作归"家"之想，今后虽亦可归去，但既无"家"，就真能去，在观感上与前大有差别而不易去。

六、此后只是在"寓"中过生活，如浮萍之无根，随风飘荡（就往事论，于南京与杭州均想安家而不能，至上海则永久只视作"寓"而绝不愿当作"家"）。

天涯茫茫，何处是家；只感着"无家可归"耳。

九月九日　星期三

昨夜八时后即风雨大作，颇凉。

数日来自己分析终非事业家。就某君论，其人之本质并不坏，负责人，肯努力，是其长处，惟自视太高、牢骚太多，遂使人不快耳。虽非永久伴侣，但亦非不可共事者。我在最近每对事生厌，可见气质未到炉火纯青之时，此后当切实于"惩忿"上用功夫。其次，我不能效和尚之绝世：数日来，不读书，不看报，置一切理乱于：闻，且足不出园外，自然环境亦不能刺激我；与从前较，已是进步，但对于国事、局事、家事，以及儿女之事业、友朋之委托（三日晚陈鹤琴与何德奎两君各托一事，允为即办，至今未办，颇为歉然）仍萦扰于怀，所以现在尚不能绝世。且在我之人生观上亦不主张绝世；如要绝世，应当无"绝我"，即先将我与世界脱离勿为世界累，如效僧人之所为，即是我为世界累，而又不事生产以为世界助，则是社会之罪人，我绝不为也。我不自绝，必为世界努力。不过就近数日以及平常自省之结果，我最宜之事业仍是著述：第一因为数十年生活之素习，文化成分太多，既无企业家之天禀，更无企业家之手腕，故置身企业界中，既苦动辄得咎，更苦精神不安；若以我之修养，从事著述，其影响及于社会者，当较从事企业为大也。

午前十时去账房结账，共二十六元八角四分，连小账给以二十九元。晨间大雨，且甚凉，十时十分起行，雨已止，至十一时二十分抵车站，因有加车，乃先上去。不知此两节车与南京来者不相通，故自此时至二时二十分至沪连水亦无法购得一杯，其他更无论矣。到沪时雨甚大，乃叫汽车返寓。楫君以昨日之电见示，则电局将"佳返"之佳字误译为即字，致彼昨夜一夜未睡，静候我归。但如重译一次，则可发现，我笑谓此为偷懒之罚也。

宜 兴

民国二十六年四月十七日　星期六

　　午前十一时三刻即与楫君及九如在寓午餐，十二时一刻起行赴北站，十二时半到站，向经济旅行社干事换车票上车，于四十五分开行，三时半到无锡，寓社中指定之新世界旅馆社三十二号。行李安置后即雇车去惠山。从第二泉上惠山顶，有头毛峰小庵一座，其中妇女念经者有数十人。自山麓至山顶约一里余，同行上下顶者数十人，女子仅楫君、九如二人；往返费时四十分。下山后至寄畅园一游，园中古木参天，有数株大可逾抱，年龄在二百岁以上。中有池、有假山、有石径，鸟鸣风静，清幽宜人，以时近晚，匆匆返北城、至老聚丰园晚餐。该园甚小，全园只可容六桌，但以招牌老、布置至今尚系旧式；（将厨房安置在进门处）以烹调好，顾客特多。饭后步行返旅社。九时即就寝。

四月十八 星期日

夜间客人闹茶房尤闹；因昨日下午上山疲倦，虽时被杂声闹醒但仍能随时入梦，九如、楫君均不能熟睡。四时半，茶房即叩门叫起，虽觉其太早，但人声嘈杂，不能再睡，遂于五时起。因昨夜下雨，早起仍有微风，故较寒。六时至旅社对面之聚商馆早点，每人由社供给面一碗（由社印就各种代用券订为小册，每人于换票时发一册，每饭一次撕一张交饭馆）。照该通告，原为六时半上汽车去宜兴，但至七时方行。此次该社共五十四人，包小汽车九部，每部坐六人，依报名之先后，编号入座。我们报名最早，故称第一号车。同车者另高姓之中年男子及金姓之母子二人。母年近六十，但甚矍铄。

九时半至宜兴车站。稍息即去庚桑洞，九时半方到，由后洞进、前洞出。洞有木门，入内非举灯不能行走。初入时地位甚狭，沿石级而下，至前洞有一大敞地，名海王厅，可容二三千人。洞口有光射入，但入洞底，须自厅右沿石级下，极曲折，仅能容一人行走。上下凡百数级，仍须举灯。再至洞口之下面，有一平台称天师台；再上为天门，有三亭，且有杂树，人称此为洞之天窗。再上有门，即前洞之进口处。即沿山路而下。此洞最特别处为钟乳甚多。海王厅之两柱大逾合抱，亦全为钟乳。

十时半由庚桑转善卷洞，两洞相距十一公里余，十一时方到。洞外有亭榭一所，可寄脚踏车等。再进，则上中下及水洞总入口处。入门有柜台，有人售土产及关于两洞之印刷品。当购一册备考究。正中为善卷旅馆，询之馆中人，据云房金每日一元及一元五角两种，伙食另算。向左门进，即为各洞总入口处，屈折随石级至洞口，有小须弥山立洞口中，左右石壁为狮王、象王。为石壁形状之似狮象者；其中最宽敞，可容数十桌；友声旅行团二百余人即于此时在此午餐也：称中洞。至宽敞处之尖端，有门曰云口，在中洞末部右角。进洞沿石壁半腰曰天腰者环径而行，盘旋而上，凡二层，若楼阁然，是为上洞。由上洞下、有一大道通下洞，亦称水洞。石旁流水潺潺，并以人工为堤，水自高三四尺处流下，有如瀑布。路约数十丈，水为深潭，宽十数尺，有小船数只，备游人乘坐。水洞有三湾，约百余丈。至水尽处，仍乘舟回至大道，直到水洞口：口有瀑布，但甚小，再转至中洞敞地而由原路出洞。此洞大于庚桑者数倍，最奇者为水洞。两洞本属旧有，但年代久远，逐渐湮灭，民国十年宜兴储南强斥资重修，至二十三年方毕，费数万元，工程可谓大矣。因天气不佳，洞口虽摄影，仅于两洞口外摄电影五十呎，照片数张。在善卷购得《阳羡奇观》一册。

照旅行社通告，本应在善卷午餐，但十二时半，社中干事即嘱起行赴宜兴，谓在宜兴午餐，只得随行，至一时半方达宜兴车站，二时在车站之某小馆用膳。依通告须三时由善卷返锡，二时已至宜兴，则由宜起行赴沪，应迟三刻，故饭后在宜兴瓷店购物。不料未及二时半，即由干事催促起行，致九如与楫君欲购之物均未购得，颇为不快。盖已发行之通告，在法律上为一种契约，不能随便更改，即万不得已而要改，亦须说明理由先行通知，俾他人有所准备。如今日午餐即改于二时在宜兴进膳，则六时早餐至午餐之间相隔有八小时，至少应由各人预备点心，否则太饿；而下午六时晚餐，相去又太短，亦不合宜。且此来为游两洞，而在两洞之时间过短，在无锡之时间过长，均属不善处置故九如、楫君极不痛快，而称此次为"不痛快的旅行"。

六时在聚商馆晚餐。七时十分附车返沪。车中以社中主持人刘君及旅行团主任闵镇华颇殷勤，乃将上面之不快及法律上、事业上应负之责任告之。

并告以凡参加旅行之人，对于当地之种种均欲详知，如能于出发前略查各种游记或志书等，将所欲游之地纪载，不论是属于风土或人情者摘录油印；社员读之，必极感兴趣，于该社事业之进展固有益处，且为一种特殊之教育也。楫君谓我三句不离本行，一切仍不脱教育家本色，亦事实也。

瘦西湖里三小时

民国二十年十一月二十七日　星期五

因为楣君在镇江省中任职，我虽曾于九月二日亲送其去镇，十月返梓及本月返沪都曾在镇江停留过，但始终无暇游览；对于隔江的扬州瘦西湖更是我们梦游的资料，而终于不曾将梦变成事实。本月十二日我由湘过镇返沪时即约定本月同去扬州一游；但初返沪时忙碌异常，本周方约定我今日午车去镇，当晚去扬州，翌日返镇。后日回沪。不料近数日阴雨连绵，好似遭天妒一般，楣君连日来函询问是否必去，我昨日复以决定以人力战胜天意，即使下雪也得去；并约她在车站等候。今晨起来，果然阴雨濛濛，但不顾一切，仍于九时快车起行，预备赶下午三时开扬的小火轮。孰意天不作美之外，又为人事所阻；即很少误点的快车，今日竟误两小时半，我到镇已是五时，楫君则已在凄风苦雨之中静候三时了。开扬州之末班船期已过，而雨则于我到镇后更似倾盆，当时无法去扬。不过我们的决心曾不稍挫，乃雇车去镇泰轮船码头万全楼寓居，便明晨乘头班轮船去扬州。住定后，冒雨出外晚餐，因天气陡冷，衣服不够，便遂在洋货店购卫生衣一件，楫君并购橡皮套鞋及雨伞；归寓即将各物放在一起，且嘱侍者明早六时即叩门，以便盥洗毕即趋码头购票。

十一月二十八日　星期六

天未明，即闻侍者叩门声，且谓已六时矣；取表视之则只五时半。匆匆起身，叫面两碗为早点，六时半去码头，以每张一元六角之代价购房舱来回票两张。船七时半开行，十时半即到扬州。

船甚小，乘客则有二百余人，盖本船之外尚有拖船两艘也。我们坐本船的房舱，五六尺见方的房间，坐着五位大人两个小孩，再加上一些行李，已无回旋余地；而其余的三个大人，都是吸烟的，以至满室的烟雾，有如重庆城上煤烟，几至对面不见人；三人中有一位生病，不可以吹风，窗也不能开，连两岸的风景也不能看。我们枯坐烟雾之中，惟有玩照相镜和看在故乡所摄的照片。我此次特意带着自拍机，满拟在瘦西湖中拍几张双影，不料打开来看，则机中的弹簧不知什么时候断了。将全部拆开，终于无法修好，而三小时的烟雾生活却无形中过去了。

在船上曾询同行者以游瘦西湖的途径，他们知道我们在扬州只能停留四小时都觉得很奇怪。有位老者告诉我们，谓瘦西湖不过一湖污水，有什么可游；而且要雇船代步，要游也不是几个钟点所能游得了。不过他告我们以去瘦西湖的道路和胜景。

船靠定码头，我们即匆匆上岸，照着那位老者的指示，立即雇人力车去绿杨村。途中经过些大街小巷，完全是内地的城市范畴，而朱漆马桶摆满许多街巷的角落，则不是一般内地城市所能见到。

我们对于扬州的风景可称"腹俭"之至，只从杜诗"二十四桥月明夜，玉人何处教吹箫"中知道有座二十四桥，此外则从同船的老者口中，知道入湖的起点为绿杨村，终点为平山堂，途中要经过徐园、湖心寺、法海寺等。我们预定赶下午三时的轮船返镇江（明日虽为星期日，但楫君学校有事，所以必须赶回），除去由轮船码头乘人力车来回要一小时，并须以半小时作预备时间，在瘦西湖来回只有三小时。所以车到天宁门外的绿杨村便跳上游船。据同船的老者说，此时的船价不过四角，而且有很多的船娘，在那里操舟候客。可是时间太匆忙，我们既不能和船夫慢慢讲价钱，而且也无暇去欣赏船娘的荡舟；我们惟一的条件是快，而要船荡得快，必得要船夫有力气，所以首先拣定一位年轻的船夫，跳上他的船，不等他开价，即告他愿出加倍的船钱八角，但必须于来回三小时游遍瘦西湖的上面几处地点。他也很知趣，一声不响地持着篙将船撑开，向狭长如沟的瘦西湖驶去。

绿杨村在我们的理想中，以为一定是一处极美丽的村庄，可是经过该村，只见面对着湖、少数饮食店掩着双扉在那里静着；除去偶然有三数小孩在门前游嬉外，不见其他的人物。杨柳看去不少，败枝虽然也有拂着饮食店的屋顶的，但现在已属冬初，所谓绿杨是看不见了。据船夫说，当春秋之际，湖中游人如织，大半都得在绿杨村店家喝茶打尖，所以市面很盛；现在时届冬季，而且这几天又下雨，所以无人来游，饮食店也关门休息了。

出绿杨村经过一座园林，船夫说是西园；再前行过一座孤桥，名虹桥，始入瘦西湖的领域。过桥左岸为长堤，杨柳颇多，名长堤春柳，只惜我们不于"春"时来此，惟有从清水影中看其残枝为风拂动而想象其为绿杨耳。再前行便抵湖畔的徐园。我们依船夫之嘱，登园一遍。

徐园为徐宝山的祠堂。园虽不大，但设计颇佳；花木楼台，假山奇石，很有与苏州留园者相似之处；陈设也很整洁。向湖的一面，有竹林一片，中有一亭，悬有"日暮倚修行，隔浦望人家"的对联，颇雅致。徐园隔河对峙的是湖心寺，寺后有扬州有名的小金山，只惜时间太匆忙，便只在徐园水滨略为瞻望：只见一座古刹浮水上、一个小丘耸空中而已。再前进，经过一破庙，据云为法海寺，远望有一巨塔，船夫说是乾隆游江南时，监商集资一夜造成的。究竟事实如何，我们无暇研究，更无暇登临，再进经过一座荒芜的庄子，据说是凫庄，盖其形似鸭子浮在水面也。与凫庄相近之处有一桥，上有小亭，据云是五亭桥，为扬州名桥，但亭将倾圮，我俩只在船上略为瞻仰，不敢冒险登临。再前进转弯，便到所谓二十四桥。可是只是一座小桥，并无二十四座。所谓二十四桥者，当系指瘦西湖中所有之桥而非指一桥也。再达湖之尽头处，有一座高数丈的山，有三个山峰。船夫说：右峰是司徒庙，中为平山堂，左为观音山。我们在中峰登岸，取表视之，尚只十二时半。我们来时曾在徐园及二十四桥登岸两次，且因观赏风景四处摄影，慢慢荡漾，尚只费一时半，则回去一直前进，至多不过一小时。于是决定在该处流留半小时。

登岸循平铺石级而上，右有古刹，虽然船夫说刹中有天下第五泉，其水如何清香，但我们以不知刹中历史，恐匆匆一览，不过得些片段印象，而路左有很多古老参天的松柏，松涛壮美，最足以洗涤我们枯居城市的烦虑，于是决定不去刹中，而向松林中觅乱石静坐。一面回望瘦西湖的树影塔影，一面泛谈我们的生活往迹。下午一时，即上船直回绿杨村，可是到岸时尚只一时三刻。今日的船夫颇有书生气，对于沿途风景既指示甚详，而态度又甚好，所以下船时，给以一元，并不向之索找头，彼亦不再要索，可称痛快。但预算尚有少许剩余时间可以游览，虽然船夫说天宁门外有天宁寺，为扬州名刹，我们在常识上也知道此寺之名，楫君颇思雇车一游，我不同意。她谓我早知道你的"留有余地"的人生观；提议及此，不过和你开开玩笑，实际上今日的时间绝不容许我们不留余地的。于是将这十五分钟的剩余时间，走到码头附近的史阁部祠一转。史阁部者史可法也。他的衣冠塚就在祠的正面，背后就是梅花岭。只见一位和尚在祠前闲坐，此时梅树无花无叶，只有若干枯枝在那里迎风招展，欢迎我们耳。出祠堂即雇车返轮船码头，仍半小时即到。

　　我们自早六时早点后，八九小时之间，只在轮船上合吃一碗蛋炒饭，到码头后，见岸上由小饮食店，有许多候船者在那里吃饭，引起我们饥饿之感。信步走入一家，告以将赶船返镇，有什么最快的菜备一两样给我们吃饭。堂倌谓船要三点半方开，尽可来得及。我们问船上也如此说，于是命炒鸡蛋十只，三丝汤一碗，并令其即备饭。不料饭甫入口，汽笛一鸣，船即开行，以至我们要吐哺赶船都赶不上，但取表视之实只三时五分，始知上当。盖此间船只开行虽定有时间，但实际上是以客人多少为迟早的标准，并不严照规定的时间。幸有另一公司之船于三时半开行，只有另行购票。今日因时令与天气的关系，瘦西湖绝无其他游人，我俩三小时之游，可称占有全部湖山，而一顿饭则是此游的一个插曲，重购两张票，可算是湖山炉我们太闲情逸致，给与我们的惩罚。下午六时半到镇江，改寓城内三山旅馆。为楫君需去校近也。准备明午返沪。

如此匆匆游览，而能乘兴而来，尽兴而去，算是生平第一次。

崇　明

民国二十六年六月二十七日　星期日

　　早五时即起，六时半携湘等去南市外马路十一号码头，六时五十分到，即上崇明公司之天佑轮，旅客已到者数百人；携湘等至三层甲板上小坐。船分三层，可容六七百人。周览全船，于二层室中遇九如及楳君等。乃将室中板凳搬出，引彼等同至三层共坐。本定七时半开行，因等候厨房，至八时十分方起碇。经一时半出吴淞口，再过三夹水至十二时抵崇明。岸上围观数千人，盖此次由中国旅行社及经济旅行社合包一轮，旅客近七百人，为该县人士所少见也。登岸即随导游者进城，通过全城，街市甚狭，两旁店面距不及六尺，多人行经其间，甚觉拥挤。代步者有人力车，数甚少；但小车甚多，价亦廉，每车坐两人，每小时不过一角（本地人半角已足）。将出城，有电灯厂，据通告谓此为游览地点之一，但以其无他特色，未进内。出城经乡间小道数里，至镇桥已一时半。据当地人云，去黄家花园与金鳌山公园尚有十里。而天又甚热，恐湖、杭两儿幼小，及楫母老大，楫、淞体弱不能支，乃为雇小车二辆，言明至下午四时为止，每辆只需三角。过镇桥，即有公路，又十数分钟至文庙，甚幽静。庙外有操场，有学生正在练篮球；庙旁有初级中学一所。一时五十分到黄家花园，未审园主为谁。宽十数亩，布置尚好，花木虽多，但无大树；园中房屋亦为水门汀所制，当系近时人物。二时五分出园，去金鳌山，据谓离此五里，半时方到，则所谓山者，只在公园中高数尺之土堆（连土丘都说不上）耳。园中由荷池，有茶座，并有纪念碑，纪念"一二八"之役也；均以电影录之。园中有售似水饺之摊，每九只售一分钱，我等购四百文共食之。三时出该园，沿河滨行四十分即抵轮埠，四时十分开行，八时一刻抵沪。

此次旅行社承办诸人，费力甚多，但不讨好。第一、午餐为洋式便餐。每人一汤一饭菜。十时起进餐，第一次尚依号次，第二三次以后，则秩序大乱，餐室设在底层，故门口拥挤百数人，等候多时不得食。坐在食桌者则久候无人照料，实以秩序乱而人手少也。该社向商家征得赠品不少，但仍不敷分配，且抽取时拥挤不堪。午前午后均于底层有游艺，但属低级趣味之苏滩文明戏等。因观众大多数为普通商人，非此亦不能迎合其心理也。第二、时间之支配亦不合；在崇四小时，途中即费去三时有余，而城市游行，实不必要；既无特点可看，又无特产可购（途中热甚，湖等渴极晒极，乃为之购生梨及伞与扇等费二元）。最好是沿河步行，专游览黄氏花园与金鳌山两处，则时间充裕，游览休息均可充足，行路亦不过多，而为一般人能胜（沿江来回只十余里）也。

佘 山

民国二十六年五月九日　星期日

午前八时同楫君自上海西站赴松江去佘山。九时半到松，公共汽车方开出，候至十时半一班起行。平日赴佘山者必得在淞泗线之砖桥站换车，今日因赴佘山之人甚多，故直开佘。半小时到砖桥，又一刻至佘山东山之下新镇（由松至佘十四公里，为松江九峰之一，分东西两山，均不甚高，东山只三十丈，西山四十丈，新镇在东山上，由汽车公司经营店面数间，售日常食品，并有游艇出租，每二小时四角）。

（由松至佘，水道可通，二小时即达），到站后即在鼎亭商店午餐，并购《佘山小志》，及《佘山指南》各一。初以为小志系纪历史及现状者，实则详于古而略于今，不足参考。东山有小路直达山巅，山后略有竹林，无建筑物，西山为天主教之圣地，清同治三年由法教士购山巅筑教堂，光绪二十五年并设天文台于其旁，民国十年改建。现在教堂之巍峨为上海所未有，天文台亦与徐家汇者相埒。据云改建费时十六年，费金六十万元。

东山麓有牌坊式之山门，惟上置圣父像。门内为石级大道，树荫蔽日，颇为幽静。现值大瞻拜期，信徒来自各方者络绎于途，一日达万数人；道旁悬宗教旗帜，甚多。循大路而上，至半山，有广场，亦有屋数椽，曰半山堂。左下有圣父圣母像，随石级上则为"之"字路，曰经折路，先见天使像嵌石壁中，过此则成屈折；共十四折，每折有小亭，内嵌浮雕石像，详述基督被难状；至教堂下有十字架亭。信徒经此路必跪嗖教经曰拜苦路。经过时，乡村妇孺之跪拜唪经者不少。教堂高二十余丈，方落成，堂中置几甚多，建筑为哥萨克式，甚精美。信徒在内唪经者不少。堂前有小屋售饮食，购茶一壶解渴。

山不大而建筑物又少，故未二时即全部看完。因今日游人太多，恐最后一班汽车（四时一刻由佘开）不能挤上，特于三时赶回车站，备乘三时一刻车返松。因为过于仓促，竟将电影镜头未开即行拍摄。及发现，欲转回原片，乃又将镜头开启，遂致有二十五呎影片毁去。不料三时五分至车站则车已开出，此时欲再上山，既为时间所不许，近处又无可游览者，只有枯立道旁，静待下次车开。四时售票，拥挤异常；四时二十分方来车一辆，候车者蜂拥而上，幸我等气力不小，能在车中占一席地；如携儿童同行，将无办法矣。五时十分抵松，二十一分乘火车返沪，六时十五分即到西站。

嘉 兴

民国二十四年十一月十七日　星期日

早七时即起，七时半同楫君起行去嘉兴观雨路菊花展览会，十时半到铁路苗圃。该圃占地数百亩，植菊与各种花木。各地之菊与赛者甚多；杭州市政府之大帝晖，花瓣大而圆，各瓣均有如齿之刺，诚佳种。园内设有饮食店，即在其中午餐，费一元一角，得一菜一汤（连饭食小账在内），甚可口；盖承办此店者为该地著名之东园菜馆也。

午后一时，雇舟游南湖、烟雨楼及三塔。烟雨楼在南湖之中，略如西湖之湖心亭而较大。以时间匆促，游览一周，摄影数张即趋三塔。三塔离城将及十里，沿小港航行约一时始达。三塔平列于岸上，已破碎不堪，塔后有寺曰茶裤寺，亦荒芜。去时见嘉兴中学军事训练班旅行其地，服装颇整齐，惟学生之身体较差耳。

嘉兴无多名胜，其仅自夸之烟雨楼，亦极平常。而游船之设备颇好，有船娘操舟，此间所谓船娘者，颇多少女，据云欢迎单身男子，与楫同行，不欢迎也。而路中兜游客之小女孩，一见游人，即如蝇逐臭，扰人不快。船价讲定之后，又自相争夺，无船供客，以至强曳其去见警察，始得一船，殊可恶也。

杭　州

民国二十四年四月二十八日

　　午前七时与楫等出发乘七时五十五分特快车赴杭州，十二时二十分至杭，因微雨未便游览，乃驱车至国货商场及三元坊购衣料。国货商场在五年前为极热闹市场，今则楼上之店已关去一半以上，楼下亦关去一部分。三元坊之大绸缎店均门可罗雀，顾客不及店员什一。杭州有所谓"三冬靠一春"之谚；此时春来，正游人最多之时，但今年则甚寥寥。五年前之此时，所有旅馆几无不客满，今则空房甚多。小游船，市政府规定每日一元四角。现则八角亦可雇船一日，人力车规定每日二元，市价则一元一日。杭伞从前售五角者，现售二角。民生之凋敝，于此可见。

午后五时，雇小船游三潭印月及孤山，仅费小洋四角，合大洋二角八分耳。

四月二十九日

午前八时半雇船至岳坟，四人仅小洋二角。在岳坟小憩，步行至玉泉，再由玉泉去灵隐，途中乞丐甚多，令人生厌。在灵隐午餐后，徒步上灵隐寺及韬光寺，于观海处摄得美术片一张。同至灵隐寺门乘车去黄龙洞，返寓已五时半矣。即约定原车于明日游南山，每人车价一元二角，车夫饭茶资在内。

四月三十日

七时半车即来，八时早点后，乘车先至龙井，由龙井后门去九溪，再转理安寺，经二龙头之江大学，回至六和塔，即在六和塔下小店午餐。菜贵而味淡，两菜一汤费一元五角余。

午餐后去虎跑小憩，过石屋洞，转水乐洞，徒步上栖霞洞，归途在静慈寺看运木石井，归寓已五时矣。

五月一日

午前八时乘汽车至孤山中山公园，周游全园，于九时雇舟游阮公墩、湖心亭及三潭印月，在三潭印月坐移时，于十二时返新市场；一时起行，乘二时快车，返沪七时半。

此行共用七十二元。所得印象，为农村经济衰落，民不聊生。但建设方面颇有进步，公路较前发达，街市亦甚清洁，惟最令人不愉者，小路之乞丐，公园之售零食者，湖滨之船夫，街市之车夫太多；无论何时何地，总有人包围叫嚣；即在公园小憩，亦有售零食者包围，使人无一刻宁静，实为市政上之大缺点。

奉 化

民国二十六年六月十二日　星期六

　　午后四时去金利源码头登新江天轮，中国旅行社派徐君在船上照料。我俩住六号官舱，两人一间，靠外边，空气甚好，内有被褥等，设备亦颇适当而清洁。五时正开船，七时至吴淞口，犹隐约望见对面之启东县在海中。六时晚餐，菜有九样，但均粗粝，饭为小米且干燥，楫勉食一碗，我仍照常食两碗。八时即就寝。

六月十三日　星期日

　　昨夜风甚大，九时后，浪大作。船颠簸不能立足，惟勉强卧于榻上，至午前一时风方息。

　　四时半即起收拾行李。五时茶房以早点进：一杯咖啡，两片面包也。官舱票价三元，酒资照加二成，随票代收，已有招商局以油漆黑牌布告叠船上，但船将到岸时，徐君关照，每人须给酒资一元，回程如之。招商局为国营，为求遵行新生活而规定酒资二成，随票代收，船上所悬搪瓷新生活之标语尤多，但事实上是如此，颇可慨叹。

　　五时半到宁波，自提行李上岸，左行数十武，停有宁穿公司大汽车一辆，同行二十二人即一拥而上。车身甚低，座位亦小，虽有靠背，但均为木板，故虽可坐而仍吃力。车沿江行不数步，须经浮桥通过入宁穿路；因载重过多，将达对岸时，两船相交之处，须贴木板，使车轮由木板通过，但几次不能直上，乘客自动下车，始能过去。走未几即达宁穿汽车总公司，由徐君下车与公司交涉票价，停约一刻钟。入宁穿路，经宝幢，四十五分钟即达育王寺。时为六时五十分。阴雨濛濛，道路湿滞，抵车站，候于道旁之藤桥甚多，盖由旅行社预为吾辈备赴天童来回也。下车后，即将行李交徐君照料，自由至寺内外游览。七时四十分乘轿经少伯赴天童寺，计程二十三里；因路湿，至十时方到。自由游览一小时，十一时即在该寺午餐。五元一席之素菜，甚可口。十二时由天童起行至少伯计十三里，已走一时半，再向育王转宁波，费时甚多，且不舒服。而少伯有小火轮达宝幢，既舒适又省时。故主张弃轿乘轮至宝幢，彼等均不知此路由，惟我知之，故依余言。当购由少伯经宝幢由汽车至甬之联票（每人三角二分，二十四人可放一专车），于二时起行，河中风景颇好。二时二十分即至宝幢，再由宝幢电达育王站将定备汽车放出，于二时四十分即起行，三时至甬之宁穿公司。三时十分由该车送至鄞育路汽车公司，换车，行四十分，于四时达溪口武岭公园。

园内有旅行社招待所，招待所主任钱君，招待甚殷。园之左旁即为溪水，有竹筏载人（今日友声旅行团有二百余人旅行雪窦）。四时半起行，五分钟即达入山亭；轿子与轿夫甚多，争夺不已，若无旅行社与当地头脑支配，将无法以行。

由入山亭至雪窦寺只五里，山路略为倾斜，但不甚陡峻。以测高表计之，寺离海拔只三百公尺（天童百公尺）。但该地轿夫气力甚小，不仅走得极慢，遇稍陡之坡，且不肯抬。如非团体同行，我俩绝不要轿。五时半经关山桥（桥上有亭曰青锁亭），下有水，即千丈瀑之源泉。百数十步至飞雪亭，俯瞰千丈崖，因雾甚浓，由亭下望，惟见如蒸笼开蒸时一道漏气之白练而已。白雾与瀑布之白练不分，而其声有如雷鸣，震动山谷。有人以大鞭炮燃着掷下，回声更大。

再上里许，为妙高台，高达三百五十公尺。有楼房三间，因地高雾更大，几于对面不辨耳目。惟闻千丈崖之瀑布声，如万马奔腾耳。

六时半至雪窦寺，左有新式房屋一座，为中国旅行社之招待所，现由张学良居住。山前寺前均有宪兵站岗，远望招待所有兵士甚多，据云为保护张。寺中已有三一旅行团数十人先到。我辈到无房可居，由钱君请宪兵将右耳房之楼房六间让出。未移时，彼等携枪襆被去藏经楼之敞楼下，我等乃得安居。

寺中装有电灯而无电（据云尽损坏），故用煤气灯与洋油灯。晚餐菜甚多，但不及天童寺之精。我俩住五号房，八时即睡。

天童与育王，民国十九年四月二日，我曾与蒋竹庄、季融五两君同游一次。尔时无公路，由甬至天童须乘小火轮至少伯，计程四十五里，四小时方达。现则只须四十分即达。尔时育王之天王殿毁于火，现已肯构肯堂，壮丽异常；天王寺之天王殿亦于民国二十一年毁于火，现亦复修。

今日为端节，阴雨迷濛，终日不断，摄影颇受影响。于飞雪亭以二元购得现成照片两打。电影仍略摄若干。

楫来沪已七年，同舟旅行是第一次。端节吃素一日，更是第一次。

十九年游天童育王之日记录后以资比较。

"十九年四月三日，阴雨。晨六时到宁波，由茶房代雇挑夫挑行李至鄞东凌波轮船公司，余等即在功德林早点。到轮埠正七时，但船至九时方起碇。船极小，用柴油为燃料；拖船达六艘，每小时行二十里，十一时半达少伯，计程四十五里，船票二等小洋三角。到时即有天童中院之和尚接待，至院午点，即起行赴天童山，计程十五里，蒋、季以与行（每人一元五角），余因摄影步行。沿途微雨，风景尚佳。四时半方达，彼等已先到一时半。

"四月四日，午前九时由寺派人为导，游玲珑菴：菴在半山，为天童绝胜处。山为石质，树荫蔽人，乱石参差，颇为幽邃；沿途摄影十余张。并从茅路登玲珑峰，可望甬江，归时已十二时矣。饭后即雇舆赴育王寺，经少伯而西，为程共三十三里，四时始达。休息片刻，即去寺之周围游散，林木茂密，寂静宜人。寺之天王殿，日前毁于火，正在移瓦砾。

"四月五日，因昨日吃得不舒服，至此即怂恿蒋持片候方丈，出而接见者名远行，据谓出家不过五年，前在教育界任事，故识余等名。因而昨夜今朝，俱系盛席，吃得很痛快。但三人一夜费二十二元，亦可观也。午前七时看舍利；舍利为梵语，乃尸体烧尽之结晶体也。佛有舍利四千八百枚，中国惟此为真。看时先由一僧持一小木塔，塔中有缝，可由之窥见内藏一小钟，钟底有一小珠，有反光作用，初黑而渐红，但季独不见。据信佛者云系无缘，亦殊有趣。舍利看毕即由知客导游寺内外。尚有老育王，离此七里，惟季独去。十二时由宝幢乘小轮返甬，计四十里，午后二时到。"

六月十四日　星期一

阴雨迷濛，无异昨日。早五时即起，收拾行李时，始发现昨日在育王寺所摄之一卷电影片失去。

当换片时，即置于雨衣袋中，一日之间，换车、换轿、换船之次数甚多，竟不知遗在何处；但告徐君，请其代向各处查询，以冀有万一之希望耳，此卷五十呎中只育王寺之十六呎无办法，其他为上海风景与字幕，尚易重摄也。

昨日由育王至天童，轿夫视我为胖子，以三人轮抬，至入山亭后不用三人，以路近而走得甚多也。今日则决定我与楫君联合两轿轮抬；盖楫轻于我四五十磅，专抬他未免太轻也。

六时早餐，素菜甚多，虽不如天童之精，但尚可食。六时四十分，于迷雾中乘舆出寺，沿右手之泥泞小路而行。半时至偃盖亭，已达三百七十五公尺，再行半时达四百五十公尺，即逐渐下降。至四百三十公尺时，即闻瀑布声。道旁有瓦房数间，各轿均停止，即隐潭庙也。过小桥，走十数步，有石级如梯，循之下数，则达二百三十六级。与石级平行者为瀑布，即上隐潭，亦称第一隐潭（隐潭者不知水之所自来也）：上下相距达二十米。石级颇陡峻，脚力不健者，颇不易来回。至潭底，乱石参差，雾甚重，数尺即不辨人，瀑布之水花四溅，沫达十尺外。其声则洪壮可听。其时为八点钟，光线较好，摄电影数尺。

八时再乘舆行，自此以后，概属下坡，约一刻经中隐潭（即第二隐潭），只于路左见宽丈余之溪流耳，均未下轿。再一刻于斜坡停轿，左行经一茅亭，有出售茶水者。约半里至下隐潭，以气压表测之，计为三百公尺，有瀑布数丈，自悬崖从侧面倾下，其来源若不知所自，实则即上、中两隐潭之水，至此陡由悬崖下流耳。正对路面为削壁，下有微凹之穴似拱门。水则自其旁下流，故看此瀑布，必得于路尽处从乱石走至对面，方能见其陡峻；仅在路旁伫立，则惟见水花四溅，泉声雷鸣而已，离潭不远有石笋，甚平常。

近九时，再由桥下行，不一刻至一平坦之涧底，水面数十丈，但甚浅。以高约二尺之整齐石块为踏步，行人可不涉水而过涧。询之舆夫，谓此为隐水（或引水）桥。过桥后，向左上行，约里许，有一小石桥，轿均停于此；由此可望千丈瀑。步行约半里达千丈瀑；此瀑即昨日在飞雪亭所俯瞰者。今日至此，将近十时，故光线较好，能见其全景。此地计二百公尺，飞雪亭为三百十公尺，则此瀑有百十公尺，在各瀑中为最高。故水溅石上，声似海涛，沫如细雨。离瀑底十数丈有桥曰仰止桥，桥旁有平坦之水门汀亭，有梯可至亭顶远眺；但亭与桥均为飞沫沾湿，泥泞难行；而照相镜亦每为沫湿而不能感光。桥上有人出售茶水及零食，但非附耳不能辨声。其声之宏，可想见也。勾留约一刻，仍从原路返，过隐水桥，再从原路下行约半时，于十一时一刻即抵一小市镇曰亭下者，所有轿子，均于此卸下（轿夫仍索酒资，予以二角）。旅行社预定一竹筏（共三排），二十二人均由此筏载往溪口。

竹筏之制作，据司篙者言：每年于春夏之交，采山中嫩竹去其青皮，仅留内层以减其重量而增其浮力。更将其一端以火熏热、压弯，便作筏头，以减轻水之压力而利驶行。通常每竹十数根结成一排，视载重之多寡与面积之需要；通常殆三四排或六排为一筏。今日我们所乘者，即前后各结三排，共六排而成。筏上置木板数道，便放竹椅。椅前置木条一根，便搁脚。自亭下起至溪口止，水面阔度自三四丈至十余丈，深数寸至丈余；虽系溪流，但不甚湍急，而竹筏之吃水又极浅（不过二三寸），故露坐竹筏上，衣服亦不虞为浪所湿。自亭下至溪口武岭公园，计程二十里。十一时五十分即到（竹筏有三人撑篙）。

至公园入招待所小息。十二时午餐，四菜一汤，颇为可口，惟分量过少，故不能下饭。

一时出公园，沿溪口街行里许至武岭学校参观。武岭为山名，收容当地幼童。校内有医院，诊治当地人民。校址占地数百亩，校舍建筑甚坚朴，礼堂广大，可容数千人。设备完善，树木幽邃，溪水环抱，环境极佳。校之对街有文昌阁，为临溪之石山，有屋数椽，该校即位于其间。匆匆一览，摄影数张，电影十数呎。

二时至溪口站，乘专车返甬，三时到因中餐未饱，于江边青年会略进点心；后在市上购零物，于四时上船，四时半起碇。

此次共游两日，同行二十二人（中有一人为旅行社干事），连楫君只有三女子。同行者之年龄自二十（旅行社之干事徐君）至五十六岁。除我俩外，均为商人。故同行二日，面貌虽相善，但接谈甚少。此二十二人中，除我与楫君外，其余均为江南人，故走路之力量均甚薄弱。

此次每人除缴社十五元五角外，计天童育王每人轿费三元四角（四角为饭钱），我因加一人，计五元一角。自入山亭至雪窦寺一元二角，今日三元四角。我俩除小账外共轿费十七元七角。再加船上小账四元，购照片二元余，及零用照片等，已是六十元，如加电影片当为七十五元，亦可谓贵矣。

旅行社所收之十五元五角，除船票车票及行李运费外，只天童及招待所之午餐，与雪窦寺之一夜两餐费及竹筏费。每人至少当可多五六元。但如个人单独去，则此十五元五角恐尚不敷；因亭下之竹筏，单送要一元五角，而彼包一筏，二十余人亦不过三元耳。至于其他麻烦更不待言。即如昨夜，倘无旅行社，害兵能搬让与否，恐是问题。结果恐无处可住。即能住，恐亦非最大之代价不可也。故欲去内地旅行，以团体去为便。惟欲同团体去，除去遵守团体之规章外，最少须具五能，即能饱、能饿、能跑、能冷、能热是也。

去雪窦最可注意者有三事：（一）瀑布：论山景无茂林修竹，其他各种景色，他处亦易见到。但瀑布则为他处所少见。飞雪亭之俯瞰千丈瀑，妙高台之静听水声，远望削壁；第一隐潭循石级而听泉声，第三隐潭之侧视瀑布，仰止桥上之仰视白练，浴身水沫等，如非久住山中，则可遇而不可求，均是绝景。但天晴过久则瀑甚小以至于无，故看山景以晴为佳，看瀑布以雨为佳。最好是雨过初霁之时。（二）竹筏：竹筏在湘黔等省本是平常交通工具，但江南平水则无此物。如久居上海之人，至彼一游，乘竹筏浮水中，静观两岸山色云烟，变化万千，不独心旷神怡，而空气清新，于身体之健康亦大有裨益也。（三）武岭学校：此校之规模、设备、环境，均足令人神往。至于天童育王，则平常景可去可不去也。

旅行社印有雪窦山小册，可备参考。

六月十五日　星期二

昨夜风较小，故船上颠簸不大五时一刻即到上海，天已放晴。前昨两日，似天公故意与我辈为难。但瀑布甚大，为平时所不易得，而雾中山色，亦别有一种滋味；故亦不得谓之全无是处。他日有暇且有钱，当再去奉化一游也。

香港六度行

一

民国二十七年二月九日　星期三

下午二时赴新关码头小轮，二时半开，十五分钟即到其昌码头，上加大拿皇后号大船。赴港之人甚多，直至四时，小轮方起碇返新关，本轮于四时半开行。

船上设备甚好，最上层为运动场，第二层头等会客室、吸烟室、写信室、阅报室、儿童游戏室及走廊，地毯沙发均极富丽堂皇，有类宫殿。第三层有邮电处、小银行及头等客室。第四层为头二等客室、医药室，第五层头二等食堂、游泳池、三等客室等。上下有电梯，晚餐时并有乐队奏乐。我住头等客房二二八号，在第四层，为专室，只一小窗，但只一人（本为二人）。

船开行后，风平浪静，以连日处理工潮过劳，在室静卧。晚餐时遇冠龙之姚君，建设银公司之袁君，青岛中国银行之孙君共餐桌，略有谈论，尚不寂寞。夜间因窗用螺丝旋紧（畏浪侵入）不能启，热至七十六度，故睡不适。

二月十日　星期四

七时起身，八时补写昨日之日记。

昨晚细思此次工潮至今尚未至不堪收拾者，最主要点，为伯鸿之坚持不谈判。彼所以有此坚决主张，则其心目中以此项之办法远优于法律及章程，故自前月迄今，函电数十通均不许与"同人会"谈判，卒不得不与讼，而使我不得不有此一行。彼将法律规定与契约行为混为一谈，在诉讼进行上诚易麻烦，但有此一"混"，却增添我的人生经验不少，此行之阅历，犹其余事也。

　　午前以昨日沪电告港以我之行期及船名，而未有舱位，恐接不着，拟补发一电告之。以罗马字为代，共七码，需美金一元九角八分，合国币六元余，未免太贵，遂撤回。

　　十二时风渐大，但因船大，不甚颠簸。

　　昨晚在三楼之商店购照片七张，《幽默杂志》一册。今晨寄楫君及湘、淞、宁诸儿各一明片。该商店甚小，除明片杂志外，均为女人用品及儿童玩具，而女人之拖鞋尤多。

　　船上布告：下午二时一刻在走廊教救生带用法。此事至简单，房间已悬有极详细之说明，但照例教到，足见其办事之认真。午晚餐及下午茶点均有音乐。四时致楫一函，详告以船中生活情形，并谓享用超过生活标准，中国侍者不能说国语，在中国海乘外国船，生活严格外国化，颇不适。即使将来有钱能使我俩同去欧洲亦不愿为之。四时半茶点听乐师奏《月光曲》感触殊深，五时又致楣一函，告以听音乐时之种种幻想。

夜九时在大客厅映有声电影，十时半毕。

二月十一日　星期五　阴雨

船上布告，赴马尼剌之客人欲在香港上岸者须由英国医生之已打防疫针之证明书。并在早餐桌上每人发通告一纸，告以关于香港之种种手续，但此系对中国以外之人之说话。以国人赴港无须护照也。

昨晚将窗留一隙，室内温度仍有七十四度，虽较前夜稍低，但仍不能安睡，当系日间疲劳过度所致。

船于三时即入口，两岸均红石小山，水口甚狭，不过百数十丈；左为香港，右为九龙，岸上房屋均为平定式。三时三刻抵九龙之尖沙咀码头；四时，周开甲君同郑宝麟君来接，行李由郑着人送分厂，并由彼代觅旅店。周与我乘七路公共汽车（此间少人力车），循弥敦道直趋伯鸿寓所。

八时半由开甲同至弥敦道弥敦大酒店三百二十六号；室宽八呎，长三十呎，一床、一椅、一沙发、一浣洗台、一小衣橱，日取三元二角。电梯司机及房内侍者均为女子，着短旗袍。其中亦有能沪语及国语者，语言间尚无大困难。九时郑健庐来访，因过倦，谈未几即去。

二月十二日　星期六

因房间正在路口，而房门之上端及两间间壁之上端均有木格小窗（其建此之目的当在透气）终夜来往人声及女侍语声不断；且外窗正对床，寒风侵入，虽有丝绵被，但过厚不能用；幸有一毯，再将自带之毯加上代被，虽较舒适，然犹嫌冷，遂致一夜不能安睡。

八时起，至街上觅早点，遍寻不得。因此间立春后，即有三个月雨季，故行人均带雨具，此次未带雨衣，欲购伞遮雨而不得。又因烟咀在船上遗失，走遍大小街十余条购一烟咀亦不可得；盖此间非商业区，除食用品外，稍稀用之物，均须往香港购取也。在街上购中英文报数份，回旅店，至其餐室以二角吃鸡粥一碗，甚可口。

　　十时开甲、丙吉来，同至马头角本公司分厂（乘十一路公共汽车）参观。分厂三层，钢骨水泥，占地四亩余。分印书、印钞两部。印书部有轮转机一全部，密力机八部，工友二百余人。印刷部大电机四部（现开三部）四色机一部（尚未装毕）小电机数十部，工友近千人。于厂中晤汪宝祥、白纯华及蔡同庆诸人。蔡谓西南及中部之书当能运出，分局解款，本年当得百余万，预计本届营业或可得四成至一半。上海之书均陆续运此转运。运汉之货现因虎门封锁，每吨需五十余元，平时则不到三十元。

　　二时三刻同伯鸿夫人及其男女公子至港（轮船每十分钟一次，船费一角，不购票，即在入口处交付），赴分局访健庐；分局经理郑华基及宝麟均在。由健庐、宝麟陪同至先施、永安购物；各物并不大廉于沪，德法货反昂，惟英货较廉耳。仅购小钟一座（四元二角）、小梳一把（五角五分）、烟咀一枚（六角五分）、照片半打（三元三角）；药品则较沪贵二成，其他非必需之品均不购，未免浪费也。

六时由健庐宴于大同酒家五楼。入内，只闻麻雀声：据云自沪战发生而后，香港九龙骤增七八十万人，多江浙籍，游戏场与旅馆酒店之生意特好。叫菜六样、一汤，费十余元；每层女招待三人，均着短旗袍，年少有姿色；彼等收入据谓月有五百余元。临行时，伯鸿夫人予以一元，我亦予以一元，其进益当可知也。

夜间由宝麟代换三〇七号房较静。因此地温热不适，头甚胀。夜服洛定片一枚。

二月十三日　星期日

上午雨，下午晴。午前九时补昨日日记，十一时一刻去伯鸿寓。

下午二时，同伯鸿夫人及铭中赴香港，由健庐、华基在码头等待，到埠即雇车周游全港；首经香港大学之工科及图书馆（各科分开）；再经香港仔，该处为香港未开辟前之商埠，现在仍为渔船聚集之所，途中尚残留若干原始人民之住所，与内地之乡村相似。再经浅水湾，为游泳场所。有旅馆及游泳室等。过簸箕湾，商务工厂在焉。拟明日往访之。回至皇后码头之上山电梯车站（此间称缆车）来回取费四角（单程三角），由车站至顶，十分钟即达。山高离海拔一千三百〇五呎。出山为山顶道，可望九龙及香港全部建筑物。顶上有兵营，住兵数百人。与铭中沿自来水管上山，颇陡峻，至顶，感头晕，后经坐下，始清醒。可见身体已不如前。七时返寓。于寓外晤吴明然，约明日送物品来带交其父镜渊。

与伯鸿谈及香港为自由港，各物无税，何以外国货反高于上海？彼谓近数月上海富庶来者太多，各货定价抬高三成，故本地人可得八折至少八五折之利益。他国货较英货昂者，政府有种种限制也。

二月十四日　星期一

九时半丙吉来寓，同至厂医鲍志成处种牛痘，并出证明书一纸，便持去购船票。当交丙吉带交宝麟。

因日来甚疲，晚上又睡不好，下午三时在沙发上假寐半小时。醒后精神较好，五时将日记写就。

香港之路均称道，如皇后道、德辅道、弥敦道之类，英文则 Road，Avenue 均译道，Street 则称街。街与道似无区别，不知何以在英文中用三字也。旅馆之房间上有格窗初不知其用意之所在，伯鸿谓夏天甚热，非透气不能过也。普通住房均以层计，通常下层为商店，二层以上为住宅，除二层外，愈上愈廉。普通一层一大间约长十八九呎，宽十三四呎，再加两小间，各方六七呎；二层不过十六元，三四层十四十二元。食物较贵，肉八角一斤，鸡七角。

夜开甲，健庐、华基、明然来。明然送药来，健庐、华基谈港局事，开甲送瑾士之电报来，电谓江铭生吐血，入医院，与张锦涛四人谈三次，甚洽，昨忽变云。江为此事，本甚苦，又加恋爱，更难免戕身。彼本一可造之青年，竟因知识幼稚，受人利用而至于此，可胜浩叹。开又谓江等已呈文行政院，文由渝局转到，已由伯鸿拟稿呈复。

船票已购就，法邮 Aramis 二等舱之 D 二一一号。票价八十九元。十一时半由宝麟送来，并带来楫及淞各一函。楫道相思，欲我不去渝；湘、淞之文词颇可读，欲我带水果、戒烟。

二月十五日　星期二

昨夜以谈话过多，又闷热，睡不适，至二时半犹未入梦，而念楫甚，以至辗转床褥，未五时即醒，醒后即不能再睡。九时去香港，乘电车赴商务图书馆访云五、伯嘉。

十二时赴分局，由健庐、华基陪赴金龙茶室吃点心，据谓系香港最大之点心店。各种点心十余类均尝之，排骨饭亦如点心。据云粤人午餐均吃点心，下午吃饭，故点心如此讲究。共费二元四角余，连小费三元。饭后至植物公园一游，摄电影若干呎。港总督府即在园下，但甚小。

二月十六日　星期三

晴热，室内达七十六度，空气潮湿，闷热难堪。据健庐云，此不过香港湿热之初期，阳历四、五、六、七月更厉害。

午前赴理发店理发，连洗头费七角；洗头之设备甚好，只要在椅上躺下即可：盖另有一管接水流入盆中也。通常只一角五或三角，我所就者为美文，外人出入之所，故比他处昂。

十时半，宝麟来结账，住五日，房金十七元六角，连小账二十元，给以五元请代购水果，当价昂于沪，又还彼十五元。此次个人用十四元九角五分，公司用三十元〇五分。

三时起行上船，铭中送至船。丙吉、健庐、华基、宝麟均来送行，船上甚热，着夹衫，犹流汗。船为法国邮船公司所有，只万五千吨，较加拿大皇后号约小一半（二万八千吨）；且为新式，尖底，故六时起行，七时出港口即感摇动。船室分五层，最上层为排球场，但全部只此一球场，第二层为头等旅客休息室，第三层为二等旅客休息室及医室，第四层为客室，第五层为食堂，以下为货舱。设备尚好；二等之阅览室（字室在内）有钢琴及无线电，地毯亦甚好。不过较小，长约三十呎，宽约十四呎耳。其隔壁同大之室为吸烟室及酒吧间。

二等室三床，有洗脸盆二，靠边者一铺，中间双铺甚狭小，但通常只售二人。同行者为一少年，虽交谈，但未通姓名。

六时半晚餐，随意入座，七八十人，国人占十之九。汤一菜三（一素两荤），一点心，一水果，一咖啡或茶。概由船规定，不能选择，味颇不合胃口。侍者均法人，略能英语。全船只见中国侍者数人。

二月十七日　星期四　晴

昨晚船甚摇动，天气初热后凉，晨起头晕，不进早餐，九时在甲板上散步时许，十时返室睡。十一时午餐，菜数与昨晚无异，不过变换样数耳，但均不合口味。特食面包两枚，而又无牛油或果酱。四时午茶亦只有饼干数片。如此生活，殊不易过。然此系二等，三等更不知如何也。

下午五时看海上太阳，只见水与天齐，碧波白花，映如晴雪。所有海天之间，除此船而外，不见一人一物，似此世界全为此船所有。而此船之中，有各种族之人，有各等阶级，有各种语言，有各种工作，亦一缩形之世界。在此世界之中，各种语言相同之人，均集于一处互相谈笑。晚餐后，十余操英语之欧美男女集于休息室，大谈上海百乐门、丽都跳舞场，笑声震耳，且依无线电中之音乐跳舞。国人则分团集于他一室漫谈。惟我独坐不发一言，不与任何人接谈，惟默念楣君，设想彼如同行，固当慰我不少；但船摇不堪，必病无疑，则又以不同行为幸。同时并想到长途跋涉，远渡重洋，实至无聊。

　　下午船侍携行李报关单来，单上注明。如有货物须报关验明，即新衣服亦须收税。凡自用或己用之日常物品可免税，但无线电、留声机、电影放映机（照进机在外，我之电影机，不知何故昨日起即不能动，到沪必须修理），即系自用且用过甚久者，亦须纳税。后日到埠，拟将行李交旅馆接客者以省麻烦（到香港如行李不交接客者，检查异常麻烦，所费每超过应付者多倍）。

　　见欧美中年男女之生气勃勃，谈笑风生，不胜感慨系之。我辈少年所受之教育固不如彼等，而国家多故，社会一切，未有常轨，治事做人，时时在应付之中过生活，故心境常似受重压，不能舒展。半年以来，除偶有快乐外，无时不在紧张之中；而此快乐，亦系偶感，不过将苦闷暂时丢开耳，非真有如彼辈之愉快也。

九时半出阅览室，于甲板上见皓月当空，有如天灯，映照碧波如镜，浪花如雪，而涛声如吼，破此寂静，有如万松林中之天籁，精神为之一爽，独惜未能与楫君同赏此美景耳。

二月十八日　星期五

昨日入浙江境，风浪渐平，睡较适。

晨七时一刻起，将行李重为整理。以他人之托带之物，虽系自用，但不将封皮撕去散于各处，海关查验时易生问题。故不可不预为之备也。

八时早餐，侍者颇不周到，叫各种食物，久等不至，叫之再三，始得鸡蛋二枚，牛肉一片，橘子一枚，茶一杯，而菜单则尚有麦糊与土司也。饭后至甲板散步，红日东升，海水带黄，风平浪静，四周偶有帆船往来，点缀海景，有类天空之星星，与昨日之狂风怒涛及昨夜之皓月碧波较，又是一番景色。昨夜曾发幻想、如不幸而船遇礁石，或机器损坏，纵有救生带、救生船，亦必漂流冻饿以死，故心神极为不安。我于此世间并无留恋，所不安者，只是人事上之葛藤耳。其他所谓事业名利，均是过眼浮云，等于虚渺之幻景，与我之本身无与也。今日如遇不幸，波浪既小，四周又有渔船，则生之机会较多也。

至香港见其交通及其他设施，可见英人之眼光远大。香港四周均系荒岛，但军事之设施甚固，外表且无从看出。在香港，淡水是生活上之极大问题，平时全赖雨水为水源，而储水之地，其重要不亚于军火，故植物公园（俗称兵头公园，港俗称总督为兵头，该园有某总督铜像故云）之下为大水池，上面则为草场及莳花处，使他人无从知之。汇丰银行之建筑，高达二十余层，材料均为极坚之钢骨水泥，上为圆顶，以小轰炸之目标；顶下为水池以储淡水，底下有容数千人之室，据云凡自英国来之英人，有事时均可集居该室，淡水无虞，食料易储，即有千数磅之炸弹或至大之炮弹，亦不能将该行毁尽，而使居其中者罹难。而总督府之外表，不过一较大之居室，但依山建筑，据云地下颇有设施，惟外人不之知耳。

　　港律不许为人口买卖，但蓄婢之风仍炽。婢女土称妹仔，妹仔依律须向政府登记，并须给十五岁以下者月薪一元，以上者元半，并不许作其他不正当之事；但实际上以婢为妾者甚多。据健庐云，香港初时，对于国人政治事务，设抚华司，现改为华民政务司。其他如邮政局，俗仍称书信馆，警察局称绿衣馆或差馆，警察称绿衣等。对华人不言维新，如阴历节气港政府均放假，教科书多用民十以前者；工商日报等之船期均以阴历计算，中文报纸均阴阳历并用，而鸦片、土娼，亦所在多有，故在港九住居者，对于国家每多为不识魏晋之消费者（工业极不发达，工业品最缺乏）。

夜间，西洋男女在阅览室及吸烟室大饮香槟，大举跳舞，反观我之精神与身体均远不如彼等，不胜感慨之。

二月十九日　星期六　晴

船于二时即抵三夹水停泊，六时再入吴淞口。早五时，侍者即叩门叫醒，略进早点，即将行李收拾，由侍者集于一处。八时船停虹口公和祥码头法人以日人甚多，恐生问题均请至甲板上；经一小时，再上小轮，十时抵新关码头，燏芬已在，即同到瑾寓。

二

民国二十七年十一月三十日　星期三

午前九时同楫君去宪文处接其至店小坐，将店事料理完毕，于十时同至新关码头，十时半到加拿大皇后号。船于十二时开行，风和日暖，颇为舒适。此次因法币下降，每百元只合美金十六元上下，本拟购三等票，但以美国友人沃德生之坚劝，且为代购游览票，谓在沪过忙，应在船上谋舒适之休息，以便到港办事，早日返沪，邃亦听之。所谓游览票者，住头等房间，食二等伙食，于二等票价外加美金五元，共为美金四十元。起坐室与头等舱者同，惟饭厅与饭食不同耳。

夜间会客室举行跳舞会，国人少参加。

今日为圣安德烈日（St.Andrew's Day），例有娱乐，故晚餐时，每人席前均有纸帽一顶；颜色形式，五花八门；又各赠玩具一件；有可吹者，有可摇者。餐时，各人将帽带上，吹摇玩具，以致室中五色杂陈，吹打齐奏，颇为有趣。由此可见西人对于娱乐之重视也。

下午致楫君一英文函。相识十四年，相处八年，以英文写信于她，为此第一次。

十二月一日　　星期四

上午致楫君英文信两函，共九张，在二千字以上，下午又致一函，即将要说者完全以英文达之。

午餐时，船上各发《旅港须知》及日报各一纸。前者所载为关于赴港旅客携带货物验关及防疫证书检查诸事之规程，后者则以广告为主，先期印就，留空白两小块，俾当日加入新闻。今日之新闻只两事；一为日本拒绝英人要求开放长江，于英国助华尤为不满；一为法国工党，反对达拉第复兴政策，全体罢工。

夜为头等旅客及观光团放电影。

十二月二日　星期五

早七时船到港，因候医生检查（仅查三四等客人），八时方靠岸，经半小时靠定，九时一刻方上岸，因旅客拥挤并等候接行李之人也。王瑾士夫妇及蔡同庆、胡庭梅、陆林根诸君均来接，当同宪文至分厂预定之弥敦酒店寓居。

十时半同瑾士至伯鸿寓，此次赴港为彼电召，询其有何要事，彼谓无要事，不过有许多事不明白，欲与一谈耳。并谓法邮霞飞将军号八日，加拿大皇后号九号开沪，故今明两日可陪宪文游览，后日同去看云五，下星期一正式谈问题。乃将由沪带来之件完全携返寓所，仅略谈沪上一般情形耳。夜与宪文及符涤尘在寓晚餐。

下午二时至分厂，请同庆发电去沪报告安抵港。并在厂见徐悲鸿：盖彼由渝抵此，携其所品甚多，在厂摄影片。在川所画各件均佳。四时同至寓，谈其与某女士之葛藤，至六时方去。

十二月三日　星期六

午前郑子展来寓，雇车同宪文游香港各名胜，并去香港仔及浅水湾小憩，于浅水湾酒店外之丽都咖啡馆各饮咖啡一杯，连小账一元三角。十二时一刻游毕，付车费七元（每小时三元），即同子展赴利园应简琴齐及徐悲鸿之午宴。

利园为利姓之私产，位于小山之上，树木苍翠、百花争妍，颇为幽静。如其中，有幽居山林远离城市之感。山巅有榕树一株，数百年前物，大逾数十圈。

最特别者是从枝干上倒生根数十，一面入地，一面连枝干，形成天然支柱；枝大有逾合抱者，枝叶散布方十余丈，终年长青，可称奇观。为同游者摄影（按底片于返沪船上失去）。园中建筑物均为平房，式样甚旧，但布置颇精，友好可随时借以宴客。其厨师亦佳：今日之菜虽只十余件，但件件可口，于鱼之烹调尤佳。

座中有欧阳予倩及王礼锡夫妇。礼锡夫人陆晶清女士，与楣君曾在女师大一度同学，彼等在沪时长相过从，故见面即大呼姐夫，致同座者以为我与礼锡真为连襟，后经悲鸿说明，始各大笑。礼锡夫妇因二十二年之闽变赴英，近始返国，拟赴内地为国宣劳，偶然相值，均感欢欣。彼夫妇均甚憔悴，盖在国外之生活甚苦也。相与谈往事，颇多感慨。

夜礼锡送其《去国草》诗集来，当全部阅过，诗均佳；惟英译诗六十余首，不及其原作。

十二月四日　星期日

午前九时半，伯鸿来寓，同访云五于其寓，泛谈时局营业诸事。

下午独居无聊，去大华看电影，美国片，内容无聊，但摄影甚佳。

七时伯鸿于其寓招宴，同座者有悲鸿、宪文、瑾士、庭梅、秀山、健庐等。

席间伯鸿托健庐购返沪船票，以加后为主，不得则霞飞亦可。饭后健庐同悲鸿至寓，谈至十时半方去。

十二月五日　星期一

晨五时三刻即为市声闹醒而起，盥洗毕，遍购各报读之，战事无大变动，惟日人有攻桂之企图耳。申报港版，于今日增加一张，共为两大张，有陈友仁之论文，主联苏。

午前九时半至伯鸿寓，庄泽宣先在，泛谈多时；庄去，与伯鸿商沪上事务，解决小节数十件，下午一时返寓。

十二月六日　　星期二

昨夜睡不适，因太闹也。八时半起行赴伯鸿寓商沪事。夜约礼锡夫妇，悲鸿、健庐等晚餐于寓所对面之桂园，悲鸿同陶亢德来。该园专治川菜，烹调颇佳，可与上海之都益处媲美。在座均旧友，谈笑甚欢。返寓，悲鸿并以其在渝所作寿韵君之牛及牧童一帧题词见赠。

十二月七日　　星期三

午前去伯鸿寓，十时同彼至我寓所解决数事。下午三时再去彼寓，将沪上各事大体解决，八时方返。

十二月八日　星期四

午前十时步行至伯鸿寓，沿途摄照片数张，十一时方达，与谈沪港各事，下午二时返寓，泽宣来谈，四时半方去。五时赴港为铭中购电影机。八时半去胜斯酒店访瑾士，十一时半返寓，又有客等候，至一时方就寝。

十二月九日　星期五

晨，伯鸿遣其两女于赴校时送一函来。十一时半上加后，十二时开行。健庐、华基、宪文均来送行。出海口。风渐大，入夜尤甚。颠簸如在摇篮中，但未呕吐。以昨日夜过疲劳，午餐后即在室静卧，甚适。

十二月十二日　星期六

早七时半，天气渐寒，改着新绒袍子。十时半，乐队四人在二等休息室奏乐。

全日整理到沪应办各事。

十二月十一日　星期日

昨夜风甚大，入夜渐息，今晨十时入港尤平静。下午三时至虹口码头，三时半到新关，独携皮包出关而至店，令人携报关单去取行李。在店得伯鸿两电，当去沃德生家晤开甲等，将在港商定各事分别交办，至五时半方返家。

三

民国二十八年三月二十九日　星期三

八时半略吃早点，九时楫君约至大东茶室早点，则人山人海，拥挤不堪，费数分钟周巡全室，始得一空座：因在家中已用点，故仅食三事，连茶共费七角，可称至廉。因时间尚早，故步行至江干。十时半达到沃德生兄弟及乌训卿与鲁玉、亮伯、竹亭均来送。因所乘之船为北德公司普士丹号，无三等客舱，故旅客不多。

于小船上遇王志莘，彼特选此船赴港，与其新华银行副行长孙君及大生纱厂之罗君同行。其卧室为二三二号，即在我之二二六号之对面，过从甚便，且要求餐食主任将我们四人排在一桌，占一小室，谈话尤便。故此次旅行，可称最愉快之一次。

此船建造未久，燃料用柴油，故船底尖，吨位不到二万吨，故行驶不如皇后号之平稳；但无风，亦甚安。二等之房间与休息室颇觉宽舒，较加拿大皇后及法邮亚林米斯均优。饮食亦佳，每日六顿：即早餐（八至九）、早点（十时半）、午餐（十二时至一时）、午茶（四至五）、晚餐（七至八）、晚点（十时），尤为他船所无。于音乐甚重视，午晚两餐及夜九时均有乐队奏乐。所谓乐队，实止四人，二人奏小提琴，一人奏中提琴，一人奏钢琴或和合琴，但远听之似为大乐队所演奏，于用和合琴伴奏时尤显然；盖和合琴能兼发管乐与键乐之音也。德人于啤酒亦嗜好至深，晚间乐师奏乐时，各喝一大杯，有一人且喝两杯；德国旅客亦无不以啤酒为饮料。

夜致楫君一函，告以今日船上情形，大致如上述，并告以特殊之三事，兹录如下：

"今日在船上有三事最足表示德国人之精神：第一全船服务人员，无一非德国人，而态度与语言之谦和，尤非其他各国船员所及。第二是发售德国货品；矮克发照相用品之广告尤多，走廊客厅等处之画片均为该照相纸所放大，且有冲晒放大室。第三是船上发行马克流通券：船未开时，即有庄某者，专在各轮船上做兑换生意，向我等兜售流通券。因志莘为银行家，向之赚三十马克，计五马克券四张，为红色钞票纸印刷，十马克券一张，为黄色。票面注明数目及签字，并规定使用日期以四月三十日为止；期内船上通用，过期作废。现在马克汇兑，法币百元，只能换三十八马克半，照中央银行之法定价目，亦只七十五马克，而庄某则以一元一角一马克卖给志莘，是与市价相差五分之三，与法价相差六分之一。与志莘等于此研究甚久，以为德轮之发行此项流通券，第一是德国统制货币，禁止其外流，故在国外，不易得该国之通货；第二是防船上人员以通货流行于外，致损国内经济；其用心不可谓不周。结果则船员因对外购进物品之需要，于是将船上之通货廉价出售，以期求得外币。是该国之货物，仍以廉价售诸国外。不过船上所售之物品种类有限，只钟表及少数日用品。但售价均甚昂。志莘以八马克购四用铅笔一支，十三马克购女用之手工工具（如织绒线之针，裁衣之剪刀等十数种，共装一皮包之内）一件。于此足见德国统制之严，而人民亦未尽能与之合作也。"

三月三十日　星期四

午前再与志莘研究船上流通券问题：彼谓昨夜细究，德国有两种币制，一为登记马克券，一为国外流通券，后者在上海市上值法币五角六分，但在国内不能通用，在船上亦不能通用。在法令上，登记券不能带出，故在船上无该国之货币可用，于是发行流通券。但事实上则登记券仍有潜行流出者，此券在该国之所值甚高（上海市上每百元兑三十八马克半者即此种券），但因其在国外不通用，故在沪之市价甚低。于是庄某以低价收进此种券（每马克一元），而以之兑船上流通券。以一元购进，一元一角售出，则已赚一角矣。实非船员之不奉命令，而系金融市场有此秘密也。该券并说明，如在船上不能用尽，俟该船到德国后汇还云。

下午船上布告谓大概明晨八时可到。则此行只费四十三小时，可谓速矣。今日风和日暖，风平浪静，颇舒适。

志莘又谈及昆明为昆叙、滇缅、滇越铁路之交点，将来必大发展，此时可投资地产及旅馆等业，颇有见地。又谈及中国出版业之浪费，主张联合组织。告以我本有种种计划，但因事实上之困难而不能实行。

下午致淞及湖、杭、沪各一函，告以船上之生活。预计可于四月四日之儿童节寄到，即算礼物也。

三月三十一日　星期五

昨夜八时即遇雾，轮船之速率甚慢，有时停顿，而汽笛声终夜不绝，且天气闷热，故睡颇不适。所谓今晨八时可到，当然成为泡影矣。早餐询侍者何时可到，均答不知。九时船上布告谓下午二时可到，雾亦渐稀，乃未多时雾又来；午餐时又布告三时半可到。至三时半已到港外之鲤鱼门而雾更大，且无领港（该处有封锁物），直至下午六时领港始到，雾亦稍稀，慢慢开行，于七时抵码头。七时半泊定，见瑾士、季安、同庆、克勤、林根、际增六人在岸等候，但以检查外国人护照未毕，不能离船，亦不许人上来，直至八时半始能通行。彼等自上午八时起已候一整日矣。当同至瑾士家晚餐，即电告伯鸿。十时至九龙酒店开定二一号房间。室内容一榻二橱，二椅一桌，日租港币四元（合国币七元余），连食六元。

四月一日　星期六

因表未开，天亮未几即起，看旅社钟尚只六时半。但不能再睡，即出至码头购报纸，归而详读之。八时再出外寻早点店而不得，仍返寓早餐。此酒店系国人所开，但管理组织均西化，只有西菜无中菜，早点牛奶一杯，面包两片，火腿蛋一盘；价八角。

下午于市上购得英文书十二册，费六元，为英国 Penguin 书局出版之普及本，其中颇多名著，作者有威尔斯等。每本均六便士，售港币五角。七时于北京街寻得一广东小馆，以面一碗当晚餐，七时去 Star 戏院看大地。就电影技术言，甚好，内容反不如原书。

四月二日　星期日

午前庄泽宣来访，下午去伯鸿寓谈公司事，即在其家晚餐。餐后访沈君怡于太子道，彼对于战后复兴问题，颇感兴趣，谓近感各处人事支配之不当，无业者固苦闷，有业者因用违其长亦不愉快，故主张聚集各部门有经验有学识之专家，就各种问题为具体之研究，拟定切实合作之计划贡献于执政人员，现正组织经济建设协会云。

四月三日　星期一

午前购当地风景照片及明信片各若干。明片分寄楫君及湖、杭、沪三孩。下午购得跳舞书二册，又购《人生四十始》一册，颇肤浅：美人著作大抵如此也。二时看电影。今日未与伯鸿晤。

四月四日　星期二

午前电同庆送百元来备用。附来一函，为文叔所写，后附廉铭批语，谓子敦于三十日在办公室大吐血，当请医生打止血针，但须绝对禁止劳动与谈话云云。以编辑所无人签字，当电商伯鸿由我去一电请叔辰代。电由港店代发。

午前十时半过港至店访健庐，未几季安、克勤亦来，与健庐、子展等共午餐于中华茶室，四菜数点心，共费七元余，除去汇兑差，比上海尚贵。今日为儿童节，在百货商场为孩子们购得玩具数事。

四月五日　星期三

午前过港购书。

下午二时赴伯鸿寓商公司事，四时即在彼寓开保安公司董事会。至六时半出，同瑾士等至康际增家晚餐。九时半赴半岛酒店听音乐。半岛酒店为港九最大最阔气之旅馆，有类上海之华懋及国际。今晚之音乐为马思聪、思洪兄弟等之提琴四重奏，在该酒店最上层之玫瑰花室。该店在九龙尖沙咀轮渡码头旁，面对香港，高十数层，房价自十一元至三十元，可称贵族化。该室为长方形高二十余尺，四周悬厚幕为帘。长方之一端为门,一端为台,甚低。音乐奏手四人,三小提琴,一中提琴,仅一节加钢琴合奏。票价分一、二、三元。共四百余人。乐曲为马查与萧邦名曲,甚优美。

四月六日　星期四

午前十时同宪文去伯鸿寓。

六时半去君怡寓,约黄伯樵共晤谈。彼等又谈及经济建设协会问题,谓(一)有章程欲代印,当允之。(二)欲我局搜集此项材料,并出版此项书籍。告以在不妨碍公司生存条件下当尽力为之。并允其年支二千元专购此项国外资料,请彼等选定书目。如欲翻译则请现行选定欲译之书,次请专家翻译,文字力求畅达。此类书,并宜分两部分,一为理论,准备鼓动知识分子,注意此问题,一为技能,俾有助于一般人生活问题之解决;而发表更须择适当时机:如于战事稍平,一般人均感此需要时而为之,则其效力方大。黄因病糖尿，不能外食先去。君怡谓该会会员现只十二人，我知名者为吴蕴初、王志莘、邹秉文彼与伯樵及若干工程师。现在理事五人，并有总干事等。彼个人于前年自沪去广州助某军建广州防线，在人事方面请军部、建设厅、财政厅主持，彼从旁赞助，故能进行顺利。据云此防线甚好，较上海者为优。但迄未用过，殊为可惜。去年夏去汉口，任资源委员会秘书，因鉴于政治之不振作，一般人员几日以宴会为事（据云无事可办，而多数无家，遂以宴会为消磨时间之处），乃中途离去。但未几又复任，则发起同乡、同学、同僚聚餐会。至九月病盲肠炎而至港，现在任该会技术处处长。拟从联络专家从事战后建设之研究着手，以期厘订若干基本方案。当告以一切建设工作都须与政治融合，故对于政治动向须加注意，不可再效二十年前少年中国学会会员时代之书生气而蹈其覆辙云。

　　日来颇寒。据报纸记载，近日之寒为三十余年所未有，其温度为五十余，与上海情形略相当，湿气亦不重，故颇舒适。只将大公报前日之记载录下：

"二日大风雨之后，本港天气即突转寒冷。前晨五一·七度纪录，已将一九〇五年之五一·八度最低纪录打破，但昨晨又造五〇·四度之新纪录。按本港之最低气温纪录为三十二度，第一次为一八九三年一月八日，第二次为同年十二月十八日。昨晨五〇·四度纪录比较去年四月份最低气温纪录低十度，比较平均纪录低十七度，较诸上星期日则低过三十度。据山顶方面报告，昨晨七时山顶之气温纪录跌至四十三度。"

四月八日　星期六

午前八时半伯鸿遣车来接，九时同去保安参观。

午同铭中返寓，即共午餐于对门俄国菜馆，下午不适，未外出。

下午四时浔分局王伯城来访，谈吉安被炸情形甚详。夜致楫君一函，告以现在去沪者太多，船票不易得，如不能购得十四日之船票，当于十六日或十九日行。

四月九日　星期日

午前八时送信至邮局，于途中遇志莘，彼已于日前迁至香港京都饭店，以无要事，未去访。

下午一时半，铭中以车来，同至沙田访泽宣。彼住在沙田道道庐第一家。房间甚大；有宽二十长三十呎之大房四间，并有凉台花园，空气清新，花木茂盛，极为难得，而房租只百五十元，可称甚廉。厂之雕刻部十余人住其楼上。彼之书籍尽在杭州被毁，现在不过百数册耳，从事研究，殊非易事。彼欲于暑假去沪住两月，当允之。由尖沙咀乘火车去，二十分钟可到，汽车约半小时。谈约一时，再去大埔、元朗、青山湾、城门水塘、九龙城等处，返寓已六时矣。沿途略摄电影，而于九龙城摄得较多。因一八六〇年《北京合约》割地时，将九龙城外之四周给英国，而独留一近五十亩面积之城及附郭之若干地。后一八九八年扩充新界，亦将该处除外，故该处至今为中国所有。城内外住户各数十家，污秽不堪，大小便横溢，与周围之英属地比，不啻天渊；由此可见国人管理力与自治力之差也。今日沿新界行（全港连九龙新界计三百九十英方里）计长五十六英里。道路平坦清洁，路旁树木苍青，令人心旷神怡，一入九龙城，则掩鼻不暇。真不胜感慨系之。城门水塘工程浩大，自一九三三年起，历时四年方成。据云内部有军事设置。

四月十日　星期一

晨起沐浴，十时致文叔、廉铭一函，，交由季安带沪。告以子敦须切实静养。

十一时去香港访季安、克勤于六国饭店。十二时同克勤、季安至其附近之蜀珍川菜社午餐。

下午本定去伯鸿寓，一时半，铭中以车来，谓其父以今日天气好，特嘱其来约同去香港摄电影。遂偕其由佐敦道过海，香港、九龙间，惟此处可以汽车过海。每次收费一元，至利园及浅水湾各摄影片若干。利园之榕树，本为香港惟一大树，前此照片失去，故此次特以电影摄之。只惜榕树之空地，租给国家影片公司摄制电影，搭有棚帐，不能全影，殊为可惜。六时返寓。七时看电影、九时半至柯力芝总统号送季安等起行返沪。

四月十一日　星期二

午前十时去伯鸿寓，商要事。

四月十二日　星期三

午前九时开甲来，谈世界风云。九时半泽宣来略谈教科书诸问题，请其加意研究。十一时去伯鸿寓，二时返，宪文、瑾士来，谈至四时方去。

九时半君怡来访，仍谈经济建设问题，觉其人甚精干，有为有守。

四月十三日　星期四

昨日由开甲购得英国轮船公司 Carthage 之二等船票两纸，伯鸿夫人初拟同行，但以身体不适而退票。船公司谓今日正午开行，故九时去伯鸿寓（行李由旅店直送）商公事。十一时半由瑾士、铭中同送至船上，则船上布告须明日午前八时方开，只得下船；但送行者如宪文已早到，同庆、开甲、际增、襄亭、林根、庭梅、秀山未几亦到，使多人扑一空，实不安。乃又同宪文、铭中至瑾寓午餐。三时又至伯鸿寓，教铭中用新购之电影工具。

夜七时又至瑾寓晚餐健庐在座，闲谈至十时方上船，船只一万四千五百吨，较皇后号及总统号旧而慢，须三日方到沪，但无三等，故容人不多，甚清洁；侍者均印人。

四月十四日　星期五

夜睡不适，六时半即起赴码头购报纸。因手中只有散币一角一分，如购英文报须一角，不能再购华文报，斟酌再三，以六分购华文报三份。未几铭中来送行，乃由其代购英文报一份。

船于八时起碇，八时半早餐，一时午餐，四时半茶点，八时晚餐，饮食尚可口，但不如德船之丰盛。此船只有头二等，故客人不过百余人。招待颇周，不独超过皇后总统号，且超过德邮。对于房间常有侍者来询问需要何物，船公司且布告请旅客有感不舒适者不论饮食起居各方面，均尽量告之，当设法谋客人之舒适云。

船上所用各物，均为英国或其属地所产。水果不用花旗橘而用暹罗橘，火柴亦其本国所制，火柴杆长二时，大于我国所通用者四倍（一可分为四）。从所未见也。

同房共四人，余三人为粤籍，不能国语。有冯达纯者，年六十八，须发全白，但精神矍铄，食量与余相等，立志欲学国语。有暇即捧国语交际会话诵读。不时向我询问，其热心学习之虔诚不可及。（彼旧为教师，现在粤港沪各处经营地产）待以长者之礼，随时助之。彼不识英文，餐时均代为叫菜。

夜遇雾，行甚慢。九时一刻有跳舞会，但参加者仅五六对，国人则只一对也。致楫君英文信二，致杭儿一明片式之信：盖船上有印就之本船各部设备之照片五张，并在一纸，攒为信片式，备旅客之用也。

四月十五日　星期六

早起沐浴，因雾行甚缓。无事又写英文信致楫君，述船上生活，并附火柴草纸，（甚特别）俟到沪交邮寄去，不直交。

正午船上布告，谓昨日行五十六哩，（八时至十二时）今日（昨日一时到今晨十二时）行二百六十七哩，尚余五百哩。

四月十六日　星期日

　　正午过舟山群岛时风甚大，许多人未午餐，我亦少吃一菜一点心。上午睡二时余，下午阅英文《成功之路》。昨日行三六八哩。

　　夜八时，船到吴淞口外下碇。天稍寒，船上开水汀，又热不可耐。船到时，日军舰用探照灯探照。夜致淞、湖、杭、楫各一信，致湖、楫者均用英文。在船内四夜无音乐、无电影、殊无聊。

四月十七日　星期一

　　早六点起碇，至公和祥码头已九时。因行李甚多，由大船搬至小船已九时半，到新关已九时三刻矣。在大船即将行李交中国旅行社照料，只身出关。

四

民国二十八年十二月十二日　星期五

十二时一刻由新关码头乘小船起行，十分钟即靠虹口码头。但小船离大船甚远，须行数分钟始到。行李由旅馆照料，并由克勤派金发携零件至船上，故无甚麻烦。于小船上遇李叔明，彼亦乘此船去港，可不寂寞。船为意大利 LLoyd Trinstino 公司之 Conte Bianconiano，约万余吨之中等邮船。我居四十一号，有三床位，但实际只我一人，以现在二等票美金三十五元达国币四百七八十元，乘者甚少也。船上设备一如一般邮船，不过不及英皇后船及德邮之考究，较法邮则稍优。客舱组织亦甚特别，即头二三等，不以层次分（他船均等级越低越居下层）而以段落分（即头等据船中之一、二、三层，二等居中后部，三等居后部）；盖采船行时震荡程度之大小而分优劣也。水汀虽有，但温度甚低（不过六十二三度），热水亦仅微温，吃烟不备火柴，房间不备肥皂，向侍者（均意人）索取始各予少许。饮食尚好，但远不及英、美、德船。下午及夜间有音乐（夜为舞曲，但舞者只两外国人），我将英、美船之一切比大少爷，德比暴发户（其设备与饮食之考究远过英美）、法比穷小子，意比创业者；盖虽简陋而能表现其刻苦之精神，并不现小家气也。

叔明与其妻弟叶达卿同行，叶由香港大学毕业后，去法两年，最近始返国。现已三十岁，为叶琢堂之子，尚未娶。谈吐颇现温文，并谓最近曾读我之《留学史》而得许多益处云。我们在餐厅同桌，李能意语，叶能法语，故与侍者谈颇洽。得食意大利特产之各种面食。另一庄女士则不懂外国语，一切由我等助之。

十二月二十三日　星期六

天气晴和，风浪甚微，故颇舒适。早七时半方起，饭后九时半又睡，到十一时方起，补写昨日之日记。

下午致楫一函，告以船上情形。

夜间因庆祝耶诞，船员演剧。因不识意语，且与叶庄谈天，未去听。叔明尝去听一出，据云无多意味。叶谓英人统治殖民地之方法，是容许当地人民有钱、有名，而不许有权，故人乐受其统治，可称有见地。谈至十一时半方寝。

十二月二十四日　星期日

十一时即进港口，十一时半方抵码头，经过验护照（西人）等手续至二时半方下船。早由陆林根君在船迎候，并由其预定香港胜斯酒店四一六号，当即同其过海赴胜斯，以四一六号为室内之室，空气不佳，改至三〇六号；仅一床、一橱、一小桌、一写字柜、一沙发、两椅，无浴室，而取值港币六元，以汇价算，较上海不只贵一倍。下午访伯鸿于其港寓，晚餐于瑾士家。

十二月二十五日　星期一

昨夜为耶诞之前夜，故旅馆第一层举行跳舞会，至二时方散；加以房间临街，四时后即有车声，故睡极不适。早起至市购报，并寻早餐处不得，旅馆又无面食，乃不得已而叫西菜。港币一元，有茶、面包、水果、点心、麦片、鸡蛋、牛排，与上海国币一元之量相去无几；但均不热，味亦不佳，只有糊涂食之。十时雇车赴瑾士寓，进门时，伯鸿亦到，共谈港沪各事，即在瑾寓午餐。

晚至皇后道中，见有某餐室之招贴；载有圣诞大餐十八样，只取八角。入内一试，则一切之量极小，一片青豆，亦算一样，实只一汤、一鱼、一鸡、一冷菜耳。味既不佳，且均过冷，食竟未饱。沿途购水果，油头蜜橘，二角五一磅，香蕉，两角一磅，费一元只得橘六只，香蕉十二条，较沪贵一倍以上。

夜拟致沃德生及楣君英文信，拆开打字机则空格失其作用，仔细检查，则被人跌过；盖后之铁皮亦破半寸，曾取下螺丝钉拆看，不得损坏处所在，只有送修理耳。

十二月二十六日　星期二

昨日下午迁居三一二号，比较清静，睡较适。

九时去波斯顿之小西菜馆早餐，牛舌意大利面一碟，蛋一碟，面包一块，共费六角。因打字机急待修理。午前约子展来，交其着人修理，下午去伯鸿寓商公事。

十二月二十七日　星期三

午前得伯鸿电话，谓黄伯樵有信欲印中国经济建设协会之著作，欲我去访之，并谓已允其代为印行。十时半访黄于毕打街七楼四号中国工程师学会，悉君怡赴渝出席工程师年会，今日可返港。略谈时事，俟怡君返港再畅叙。

下午致沃德生一英文长函，述来港后之生活及与陆王接洽经过情形。

十二月二十八日　星期四

十时半伯鸿来电，约下午四时去其家谈话。晨致楫君英文函一，附致沃之函之副本，使其知我在港生活情形。

十二月二十九日　星期五

午前十时去分店访子展，因开会未遇，即返寓。未几健庐来谈，只二时，同子展等三人去湾仔东美林午餐。店为渣华买办林君所设，家具俱从美国定制，极讲究。菜之材料亦佳，惟分量不多。取价一元七角五分。决定乘六日之渣华船芝沙丹尼返沪。该船因须靠厦门，须三足日方到沪，船票头等百三十五元港币，比意邮二等尚廉十一元；二等为八十元，本可坐，但船票须下月三日船到方能决定有无，故决购头等票。上午在店购得张君劢著之《立国之道》一册，读其叙文及最末一章，颇有见地。夜沐浴，晨致楫两函，告以归期及近情。

十二月三十日　星期六

午前九时半庄泽宣来谈，彼现任岭南大学文学院长兼教育系主任，谓教部欲岭大迁入内地（有补助费四万）而内地生活即贵又无设备图书，故颇为困难，但仍决定迁一部分去。谈未几即去。十时一刻伯鸿来，同去商务访王云五、李伯嘉。相与谈中学教科书改诸事；并约二日下午六时由彼在华人行华商俱乐部请宴再谈。

各处过年，独居无聊，于晚间至街途踯躅，至电影场本拟进去，但以孤独无聊而止。信步走大华饭店，则客人甚多，室内满座。露台茶座之人亦甚多，且多成双结对而更感孤寂。乃食鸡丝面一碗（面价五角，连茶及小账八角）而出。返寓致楣君一长英文信，在寓中一磅，体重得百五十二磅，记录卡亦寄楣君。

民国二十九年一月一日　星期一

昨夜因街头爆竹声与楼下歌唱声、跳舞声，不能安睡。于十二时后致楣君一中文函，述旅中感想。

九时三刻同庆来，嘱其将教部审查诸文寄去。

十时同伯鸿、铭中去沙田庄泽宣处，沙田在九龙，离尖沙咀轮渡约十哩，平时有火车约二十分时可到，汽车则须半小时，因沿山而行走曲路也。去年早春曾去过一次。地甚幽静，有山有水，同赵俊及中去其室后之道风山游览。山巅有荷兰牧师所办之基督教丛林；一切建筑均平屋，仿佛教称某某堂，过道走廊并附有"道风大千"四字，有学生数十人。堂外并砌石为洞，曰莲花洞，洞中有十字架及香案、跪垫等，地约方丈，容十数人。进洞门口有小室曰忏悔处，为个人忏悔场所。山路平坦，可行汽车。往返历一小时，即在泽宣处午餐。其夫人为粤人，故为粤菜，饭后闲谈，到四时方返。到寓已五时。

一月二日　星期二

八时半开甲即来，同去加拿大早餐后去瑾士处，即在瑾家午餐。二时同去浅水湾，在草地晒太阳，至四时半方返，浅水湾为游泳胜地，有浅水湾饭店及丽都酒店。滩旁有小屋百数十座，为富室及酒店所建，专为游泳者及俱乐部部员之用。每座为一二小间，正对海面，颇幽静，暑季游人甚多，现则极少。通过东山台入伯鸿寓稍息。六时同伯鸿赴华商俱乐部（大华饭店楼下）应云五之宴，除王外有李伯嘉、韦黻卿及同庆。

一月三日　星期三

上午同庆来谈印书事。午间同至Jemmie午餐。店为外人所开，一汤、一鱼、一菜、一点心，取值一元，略似沪之沙利文，量虽少而清洁。

下午三时去伯鸿寓，晚餐后方返寓。

一月四日　星期四

昨夜得瑾士电，谓芝沙丹尼将于明日午前九时开，是提早一日起行，所有诸事须早一日处决，于是忙碌异常。上午整理待办之件，十时在寓会周尚；君怡来访，无时间，同去 Wiseman 午餐以吃饭之余时谈话。下午一时祝百英来访，二时去店，三时在寓会伯嘉，四时去伯鸿寓，谈至七时去瑾寓晚餐，十时返寓收拾行李。

一月五日　星期五

早六时三刻伯鸿之车夫即驱车来，七时伯鸿以电话商沪事，七时半同庆来，八时健庐来，而船靠香港鲗鱼港太古糖厂码头，由寓去该处须半小时以上，由健送至船上。船甚小，不过五六千吨，设备略似长江轮，甲板稍大，但与邮船较则相去甚远，故其价之头等与邮船之二等票相等也。头等在第二层（第一层为船主所用），二等在第三层，三等第四层，有烟室饭厅等。惟均小间，而房间则较邮船者为大。无音乐而有无线电收音机，故亦颇不恶。我住在二号房，与胡庭梅同室。

一月六日　星期六

天气晴朗，海平如镜，故船不颠簸，甚舒适。

七时到厦门，侍者叩门，谓海关将检疫。九时关员始到。将注射证书略阅，惟吸烟及饮咖啡而已。船再开近厦之海中，上下客人数百，但无货。厦门之大建筑物上均有日旗及五色旗飘扬，但街上行人极少，其对门之小岛为鼓浪屿，系英、美、法、日之公共租界，房屋栉比，但远望街道行人甚少。船于十一时一刻起碇；据布告，由厦至沪共五百七十六哩，后日可到。午前行十一哩，尚余五六五哩。

下午致楫君一英文函，夜又致彼一中文函。

下午渐凉，以愈北行也。略读英文小说。

一月七日　星期日

晴朗如昨，风平浪静，一无颠簸。正午船上布告，谓昨日一日间行三一七哩，尚余二五八哩，明日午前八时可到沪。

　　同船有孙洪芬君，十余年前在东大任教，现任文化基金会干事长已十年，昔虽通讯，但未晤面。此次同船同桌，但未通姓名。下午在甲板闲谈，始互通姓名，畅谈多次，甚欢。彼常往来港、昆、渝、沪等处，谓昆明米达六十余元一担，学生伙食至低二十元，稍佳者要三十元；教授最高薪三百元六十，除去五十元基薪外，其余之三百十元，去年为七折，今年八折，实得不足三百元，在昆欲维持三四人之家庭生活亦甚困难：因租房两间须五六十元也。某教授因未计算，令裁缝制丝绵袍一件，尚系旧绸面，结账为九十元，仅缝工已是二十元。故教授学生之穿补丁鞋者遍街皆是；书籍尤不易得。重庆食物稍廉，但与上海较亦贵一二成。书籍则更贵。中大曾有图书馆，但罹空袭，寄存乡下不敢取出，非万不得已时，不能借用；盖人力车起码为五角，每费车资三五元尚取不出一书也。

一月八日　星期一

　　船于午前七时入吴淞口，八时抵浦东 Holts 码头，海关未检查即入小轮，历二十余分钟始达新关码头。因船上无旅行社接客者，乃将行李随身携带。关上检查甚随便，于十时半即返家。

五

民国二十九年四月二十二日　星期一

七时半由家乘一路电车赴新关码头，并在车站购报纸数份，到新关只八时五分。小轮之人甚多，但大半为送客者。轮上牌示谓该轮返时不靠新关，嘱送客者不同去。及开船时，不过百余人耳。八时四十分滕克勤独来送，于谈数语而别。小船八时半起碇，二十分钟到浦东得基宝所泊之码头，由吊桥上去。

得基宝为荷兰皇家公司所有，载重一万五千吨，全身白色，造于一九三八年，故甚新，速率亦佳。据船员言，后日上午可到，与皇后总统船相去不远。上船后由招待员指导赴办公室觅铺位。我之铺位为二十八号，在办公室之下一层。该室虽有房间，但无房间号数，只有铺位号数。二十八号之室共六铺：二十七、二十八及三十一为下铺，三十、三十二、三十三为上铺。除床位外，只三折椅、三洗脸盆、六玻璃杯、两电灯，若干衣钩及六救生衣、一草地毯；此外，无他物。而洗脸盆无自来水，上有一磁箱，箱上有孔及盖，水则临时由人倒入，但系冷水。且三盆只两盆之上有水，一盆无之；盥洗须赴盥洗室。船开行后，由茶房置冷水及茶各一壶。侍者均粤人，粗作为黑人，只少数上级职员为白人。

船之最上层为船主室及无线电室，第二层为救生艇，第三层为游泳池及头等起居室、第四层前半为头等餐厅及客室，后半为二等起居室、餐厅，第五层左面为二等客室，右面为船员室，第六层前半为三等客房，后半为大舱。大舱之客人须自带被褥、睡吊铺。二等有华人西人之分，房间餐厅均不相混（西人餐厅及起居室在中间）。华人起居室只两丈见方，置小方桌一、四椅、六扶手椅，一沙发，均柚木制；后有藤靠背。一小书桌、备写信，上有小橱，置中文书百数十册，均为中华文明出版之新旧小说，无他家刊物，亦奇事也。

船票收后，即有侍者来询食中餐或西菜。我决食西菜。但午饭只一清汤、一猪排、一冷菜、一水果、一咖啡。因菜量甚少，不够饱，食面包四大片，牛油不少，但仍不够。而中菜则更坏；只一面一粥。食物如此之简单，为我赴港五次所未见。下午四时有茶点，但只饼干二三片，亦无济于事也。同室五人，均商人，虽互通姓氏，但立即忘去。下午一时午睡，至三时半方起。因各处灯光弱，夜间不能治事读书，故睡起后即写日记，并致淞一函，答彼昨日所提出之甲乙丙丁问题（谓有甲乙两姐妹，家庭封建思想甚深，不送其读书，只在家中略识字。有两男之家与甲乙之家为通家，自幼即由甲乙家将甲许与丙，惟未经订婚手续；但丙不爱甲而爱乙，乙家恶之，将乙许与丁，而乙不欲。甲则谓丙如娶乙，当以死相挟。丙虽肄业大学，家亦小康，但现尚无业。丙乙欲双逃，但乙只十九岁，未达成人年岁，丙恐罗法网，且无法生活：所以无法解决，而来问我。昨日以忙未与详谈。以其为现在过渡时代之社会问题，故就我所见，为各方借著一筹）。

晚菜有一汤、三菜、一点心、一水果，勉可果腹。

四月二十三日　星期二

天晴无风，船行甚速。正午船上布告，谓已行四百十哩，尚有三百八十哩至香港。

早五时，同室之江苏银行严君起而看日出，我亦随之起。惟有雾，太阳与海面成三十度角时始见之，故不甚美。午前即将所见详函楫君。

下午读林语堂著英文《生活之重要》数十页。

四月二十四日　星期三

昨夜渐南行而渐热，睡不适。右足稍肿痛，似为湿气。昨夜曾沐浴一次。冀以海水疗之也。今日稍好。

午前十时即进香港口之鲤鱼门，因等验关及领江，至十二时始靠定香港太古船坞之码头。健庐子展早在等候，十二时半由彼等引导至德辅道之思豪大酒店（Hotel Cicel），以九元一日租一双铺之房间（原价十元，因彼等在该店有俱乐部减一元），并有凉台及浴室，论房间价格不算贵，但我无须如此之大，可称浪费。只以行李讲定送此，姑住一夜。彼等即在此午餐。二时瑾士与唐长庚来访。三时半去伯鸿寓，至晚九时方返。

四月二十五日　星期四

十一时半健庐来结账，共十三元余，连小账付十五元。再加昨日彼等接我之汽车费五元，我去伯鸿处一元二角，及报纸零用等已是二十二元余，合法币将九十元，虽由公司付款，但究属所费太大，心颇不安。十二时后至跑马地之山光饭店，居二百〇六号，有凉台，房间虽较小，但新式而合用，室内有电话，每日五元。而午餐西餐只六角，有一汤、二菜、一点心、一水果，味甚适口（较荷邮之二等客菜为好），晚餐只八角。较思豪当少一半，所省多矣。因其地较僻，故取值较廉，而屋顶之餐间（平时吃饭在店之地层），陈设颇佳，共两间，一大一小，室内均备红木家具，颇宜小宴。健庐言，一月十五，港政府公布检查条件，任何刊物以及笔记本均不许带出，如欲带必得先送检查，否则扣留处罚。昨日所带行李未被检查，系由运输公司专办，但亦不能绝对保证不检查。斯返沪欲带文件颇麻烦也。不得已，只有先送检查。

下午三时，伯鸿来寓，同访云五于其家，谈到七时方返。

四月二十六日　星期五

闷热，下午大雨，午前九时半同健庐至先施购物，为湘、淞、宁各购表一只，原价二十元，以该部主任为健庐学生，允四十元购三只，减达三分之一，但合国币仍百五十元。又以七元五角（原九元）为楫君购春季衣料一件，十五元（原十七元五角）购毛毯一件，共省二十四元，合国币为九十元，可谓巨矣。

十二时访黄伯樵、沈君怡于中国工程师学会，并晤陈仲瑜及张延详。陈为少中会员，张为工程师，正研究书籍开本标准问题。偶谈及卷筒机之耗纸问题，彼愿为相助。当电告伯鸿、同庆、开甲接洽。同庆谓五月一日 P.&O. 公司有船开沪，即请其购票。

四月二十七日　星期六　上午阴下午晴

午前十时吴沛然来访，同至伯鸿寓，商安达租屋事。

下午四时半伯鸿同胡庭梅来访，五时，同伯鸿至华商俱乐部应云五之宴，十时方散。

四月二十八日　星期日

十一时健庐来午餐。下午六时半健庐、子展请晚餐于彼寓，即在离此数百步之山村道三十五号。彼等住正房四间，月八十元，其设备及餐具均西式；盖子展之夫人生长于美国也。同座者有伯鸿夫人及其子女，（伯鸿应张一麐之宴未到），子展夫人习于美风，虽有女工，但亲自下厨，故味均可口，苦瓜一味尤佳。子展三十七岁，其夫人亦相若，有子女五人，长十四，幼八岁。至十时方返。

四月二十九日　星期一

下午二时去店，三时赴伯鸿寓，出席保安公司董事会，因账目未完备，改谈话会，明日再开。六时同瑾士、开甲、长庚至寓晚餐，谈保安诸事，彼等坚欲我明晨去保安及分厂巡视，允之。

四月三十日　星期二

早六时半即起，将行李略为整理。七时半即起行至九龙，八时到尖沙咀码头。保安之汽车已在等候，当去保安宿舍胜利道某号，约胡唐同去保安，巡视一周，即去分厂，十二时返。

十二时半王云五、李伯嘉、沈百英等来，即在四楼午餐，商议小学教科书小本减图及港之书业公会攻击商中书价诸事。所有决议办法及致分局通告均详议案，由伯鸿、云五签字带沪。至三时半方毕。前日定菜八样，价十元半，今日添炒苦瓜一样，但账单为十八元余，连小账二元已是二十元有奇，合国币为八十元。

下午由分店将书籍文件送邮局检查，有信稿两册及通告不许随带。交邮寄沪，其余则照单检查，交一证明书，遇在码头检查时，交检查者，查明即可带去。因日记未交检查，且今日之事，尚未记毕，故决定由邮寄去。

五月一日　星期三

今日为国际劳动节，厂店放假。早六时半即起，收拾行李，阅读报纸，八时半命旅馆侍者将行李送至健庐寓所，予侍者小账五元（账目已于昨夜由健庐结清，连请客之二十余元，共五十八元余，连思豪之十四余元及今早小账共八十余元。再加自付膳食等食宿零用总计为百二十余元）。即步行去伯鸿寓，十分钟达史塔士道上，再十五分至岭南分校，又五分至东山台口，又五分至伯鸿寓；共为三十五分钟。十时保安董事会重开，直至下午四时方毕。

昨日本约定伯鸿同去赤塔，今日因迁厂问题，伯鸿须与瑾士同去银行，且时间亦太迟。乃同庭梅过海，先至 Shirala 船上一看，我之床位为五十二号，在二层楼。船甚小，全船毛重只七八四一吨，净重四八七一吨，故房间极小；一室四铺、仅可容四人直立，面盆及小凳均只一只。因航行印度，故印人甚多，白人亦稍有之。以行李未到，又须明晨开行，故即同庭梅赴胜利街保安宿舍晚餐。

九时至船上，行李已到，因热而船又不开，乃至九龙大饭店附近之景星戏院看影戏。该院于九时二十分开演，我至已九时半，但客人甚少，以四角购后排票一张。片名《罪人借血记》（Full Confession）内容为宗教宣传：述一犯罪者经神父之感化渐能改行，但终以本性未泯，最后因不信神父之言，而打神父一拳几死；神父入医院将死时，罪人乃自悔孟浪，愿输血与之，卒被救活。十一时散场，即在院中费二角称体重，为一百四十六磅。

十一时半返船，晤沛然及其姊丈刘君与彼等同伴李君等。沛谓据人言，船行甚慢，且须靠厦门，故五日恐难到沪因船上有电话，乃电健庐将致沪电报改为六日可到沪。

五月二日　星期四

昨夜因船未开行，颇热。今晨六时起碇，七时出鲤鱼门，同室四铺均有人。有少年顾君者（香港新亚药厂职员）能做粤语国语，常往来港沪，谈话颇佳，再有沛然及沈百英等颇不寂寞。但对此船欲行四日以上，均不满。且荷邮得基宝亦于今日开行，而旅行社不之告，故均不以该社为然。因船小而载重不多，故开出海口即在无风时亦颠簸异常，沈、刘均晕船，午餐亦不能食。我尚不大觉得，以习惯也。早六时半有早茶一杯，及水果面包。早餐有麦糊，鱼、鸡蛋、肉、水果、咖啡，十一时有冰淇淋，下午四时有午茶及点心。午晚两餐均有三菜一点心、一水果及咖啡；惟午餐无汤，晚餐有之耳。终日无音乐，无无线电播音，无游泳池及儿童游戏室等：盖本属货船也。

英国以为现在与德开战，故船身全黑色，即船名亦黑字。恐客人上船不易寻觅，乃临时悬一白字之牌。船上前后各装有一炮。入夜将两边之帆布蓬放下，走廊无灯，起坐座及房间虽可开灯但窗外均置木牌而掩大半。所有各室除客室中间外，均用关门开灯之开关；盖门关灯开，门开灯熄，光不外露也。

五月三日　星期五

昨夜热甚，即单线毯亦不能盖。晨五时因同室之某老先生起亦起。六时进厦门港，七时下碇。八时厦门海关日警及税史来验。对于三等客检查甚严，上岸者尤严。据云上岸之客六十八人，有十余人经医生检视防疫证书，再视手上未见瘢痕，强其种痘始许上岸。于行李检查尤严。眼见某人带两毯而纳税十五元。对于头二等客之未登岸者亦检查防疫证，惟仅一阅览而已。检查完毕，再开至厦门与鼓浪屿之海中停泊，备客人上岸。接客者均乘小划，于船未停定时，即以篙顶上预备有钩之粗绳，钩挂船上人即拉绳而上，兜揽客人。可见生存竞争之烈。十时三刻方起碇。

船上布告无线电新闻，欧战联军不利；上海国币昨日由四便士半陡跌至三便士二五，谓将听中国经济状况自寻外汇水准。近日沪市均为四便士一二五至二五，绝不会有四便士半者，当为电传之误。至于三便士二五当属可能。果如此，则法币最近价又跌四分之一，港币当达四元五角，美金当为二十二元余一元，英镑七十三元一磅，而西贡米应为五十元以上一石，煤球当达十元一百斤。上海月薪阶级及工人生活当大成问题。公司固当想方法，国家若不设法补救，前途亦至危险，（此点四月二十九日之香港大公报曾有社论详言之）。

下午闷热，下雨，热至八十二度。船行甚慢，每小时不到十哩，后日恐尚不能抵沪。

夜因佛航续娶问题与沛然谈民法上之家庭及继承问题。依民法后妻之子女虽与父为血亲，但前妻之子女与后妻则为姻亲。前后妻之子女均可继承父之遗产，但后妻之私有财产则只可由其本人之子女继承而不及于前妻之子女。是夫对于后妻之赠与虽可自由，但在人情上如后妻之私有财产过多，则对于前妻之子女颇有影响；似此，娶后妻者对于家庭及前后妻子女之财产之处理，不可不有权衡。至于男女在法律上，虽有同等继承权利与同等抚养义务，但民法同时规定：女子因劳力或无偿取得者为其私有财产，对于家庭生活，除夫无能力外不负支付责任。在事实上，则女子结婚以后，最大多数不能生产须赖夫扶养其本人，可称生活不能独立之人，依法不负父母抚养义务。则事实上女子扶养父母之义务亦是具文。故继承法规定特留分为二分之一，意即暗示父母可以特留分之余额以遗嘱赠与其子，而以特留分子女平分，以济法律之穷也。此点一般人多不知之。

五月四日　星期六

渐北行天气渐凉，上午过福建洋面风尤大；船上下颠簸，同行者多不能食，我幸照常。晨起换衬绒衣衫，下午稍暖。见西洋六十以上之老夫妇一对均着夹衣，夫每日以织绒线自娱，且教其十余岁之两子作木匠，其身体与责任心可羡。

五月五日　星期日

早餐与刘君谈一般公司之行政主持人员，于学识上少修养，每致能力不能与事业俱进。在事实上欲一人兼备各种常识，因时间精力及平时修养之限制亦难办到；故较适当之办法是仿旧时大吏聘请幕僚之办法，而聘请各种专家为顾问，无事为友朋之清谈，有事备顾问，于事业之进展颇有裨益。此事在年前曾与某大企业家谈过，今因偶然之谈话而言及，彼亦甚以为然。

十二时到浦东其昌码头，以行李搬运费时，四时方达新关码头。此次行李甚简，当即雇车返寓。于途中见黄金牌价为七百五十元，足证二日外汇变动之非虚。抵寓电询绎如则昨日汇价稍长，但亦不过美金四元半，金磅三便士三一八七五耳。

六

民国三十年三月二十七日　星期四

午前八时湘儿即来寓，九时同楫君、一先同车送至新关码头，沃德生兄弟及鲁玉、季安等均先在。因与王心齐、滕克勤两君同船，送客者熟人颇多。但小轮不许客人上船，故码头上之人多于船上之客数倍。小轮于九时半起碇，二十分钟即到格兰总统号。心齐、克勤居百○三号，有浴室。须另付美金十元，盖沃特备此以优待心齐也。心齐现年六十六，身体颇健，且能谈，故途中颇不寂寞。我居一一二号，同室之另一人为陈金庄律师，萧山人，杭州电厂之常务董事，亦能谈。

到船未久，心齐等之友美人杜白（Derby）谓船将改至夜十二时起碇，最末由沪开船之小轮为十时半，但午晚两餐仍由船上供给，故由船开沪之轮有两班，一为下午一时半，一为七时半。午餐与心齐、杜白、克勤同席。杜欲返沪，初拟同行，后以归无多事，而反烦扰楫君等，故下午静卧两时余。三时半沐浴一次。五时半致楫君一函，告以今日情形，于下午七时半于克勤、心齐登岸时交其带去。

夜读陈鹤琴著之《我的半生》。全书约八九万字，以二小时读完。所谓半生，只叙至一九一七年时回国时为止。彼生于一八九二年，照中国习惯彼今年五十岁，特为以自寿者。其幼年生活极苦，求学甚努力，亦有若干教育史料；文字亦可读。

船果于十二时起碇。

三月二十八日　　星期五

　　格兰总统号虽为邮船，但设备远不如皇后船。船客无等级，票价与他船较，此均为头等；除房间较大外，食堂、休息室均不及皇后号之富丽堂皇，即与荷兰皇家公司之得基宝号比亦不如；盖建造已久，为旧式也。食堂可容二百余人，在第三层；食时无音乐，休息室及烟室可各容数十人，游泳池虽有而无水，以天气太寒故。第三层甲板走廊宽二十八步，长八十六步。客室在第三层至第五层之中央，共百余间，可容二百余人。前后为货舱，其长各与中部相当。估计之大概有二万吨上下。客人中中国人占半数以上，美侨不过数十人，所谓撤侨云云，外交词令而已。昨晚开出吴淞口即停泊候潮至八时方行。上午过舟山群岛时小有风浪，但午餐未入席者达三分之一以上。昨日下午邻座有女客四人，均不识英语，亦不识国语，以致招待者将各菜送至均不食，彼等需要何物，侍者亦不知；我等见状拟为相助，但以不通粤语亦爱莫能助。此不独对彼等之挨饿有无限同情，对于国人因语言之不能相通不能互助亦有无限感慨也。

客室有飞歌之落地无线电收音机，形式甚佳，有八个指标，但短波有开关而不能收听，询之侍者亦不知：大概系短波坏也。不得已于五时二十分收上海民主电台之报告，八时收阿尔考脱（Alcott）之报告。民主之中文报告略有所闻，悉南斯拉夫革命，政府被推翻；华盛顿方面宣言援助。阿氏者则听不到。据某美人言，彼请假数日，由他人代播，但其电台之声音亦不闻。

夜间无电影、无音乐。惟休息室中有中年美人及一少女弹钢琴甚佳，少女之手法姿态尤佳。九时侍者打铃，谓烟室中有苹果游戏，往视之则为一种博具，英文名（Bingo）。其法：参加者各取印有数目字之纸片一张，其数自一至八十一，但每张只有二十四个数字，如 1、5、12、25、30、51、53 等，彼此不连贯。由侍者二人在室中将八十一个数字之筹码置于铁丝所制之圆球之中，由一人摇球，每次有一筹入球之一端之洞中，另一人取出视其数目而大声报告，参加者则听其数字为己片所有者即置一圆木小片（略如象棋子，惟无文字）于其上。如直行五数之任何一行填满，或填满之数成十字形或 X 形即为胜利者。每次取注每人自二角美金至二角五三角不等。胜者除去侍者取税四分之一外，视胜者之人数而均分。又有一种为全纸之数字填满者为胜，每次只有一人，故所得较多。心齐以闲坐无聊，与克勤等竹战消遣，后心齐亦加入玩苹果。有某大公司经理之夫人，年三十余，风流娇艳，能沪、国、粤、英四种语言，衣服入时，日换数次。亦与心齐同桌为戏，某次得全盘填满获美金四元半，喜至拊掌。苹果场中三十余人，中国女人惟某夫人及又一女子，外国人亦有女人，而男子则中国人多于西洋人。西洋女子中有一中年者，终日为子女（有四女同行，最小者不过三四月，白天睡眠即用卧车置于甲板上，此项习惯自幼养成，故抵抗力强。姗姗少外出之习惯非痛为改正不可）制衣服（带有手摇缝纫机），一五十余岁之妇女则终日绣花。其他男女则阅书者不少，中国人阅书者惟我一人耳。偶谈时事，对手均为美人。谈时彼此不问姓名，亦无题目，但津津有味。我每开无线电，即有美人多人集而闲谈，彼等不知其机关运用，亦随口询问；某美人并将其所携之旅行无线电机带至休息室开听。由此可见中美人民之文化程度与生活态度也。

夜市中因有水汀而窗坏不能开，特热，至十二时后方睡。

三月二十九日　　星期六

昨夜因太热睡不适。今日船上改照香港时间，将钟点拨慢一小时，午前船上各发行李单一纸请旅客照填，此为昔日所无者。午前十时，船上公布无线电新闻，每室送一张，南斯拉夫革命之消息证实。香港电讯，我军在江西大胜。

下午练习着救生衣，以赴港多次，对此甚熟知、未参加。渐南行渐热，室外亦七十五六度。下午过台湾海峡，船颇颠簸，但无所苦。

重读冯友兰之《新世训》。

据侍者言，此船已行二十年，故设备旧而行驶慢，须明日方能到香港。

晚餐时，食堂之电灯忽熄，只留两盏，询之侍者谓为庆祝生日之礼节。若有人于此日诞生而立出桌外，则船上将预定之礼物如寿饼香槟等送至其前。灯熄时即闻鼓掌声，未几灯复开，但未见有人出来，结果则礼物由船主接受。

夜间最上层有露天电影，但未去看。偶至烟室，则有麻将一桌，扑克四桌，参与者三十余人，占旅客全数三分之一，该室已全成赌场矣。

饭后与赴马尼剌之某美人谈时势：彼近从日本归，对日之观察与对世界战事前途之观察，颇为精确。彼在沪专营女内衣，其材料为美国用煤、牛奶、及氧气（Oxygen）所制，较真丝尤牢；虽在战时，营业尤未衰。彼在马尼剌、神户、上海均有支店，常往来于各地，谈吐颇佳；三日来为无线电收音谈话颇多，今日则互谈关于时事问题达两小时，但始终未通姓名也。

三月三十日　星期日

昨夜船过福建洋面，波浪甚大，幸为顺风，故船仅左右颠簸，但海水随浪花溅至三层甲板之上。甫惺忪，又为船簸而身体在床上转动，故睡颇不适。同室之陈君则以初次航海，恐水淹入船上而更不敢睡。

午前十一时休息室集美人男女数十作礼拜，琴声（由日来习琴之少女奏琴）歌声，以及祈祷讲道之种种，颇有使人置身教堂之感。十时半，无线电新闻印出，无特殊事变。新闻后附有布告，谓船于下午七时半到九龙码头，夜饭提早至六时，并每人发登岸证一纸。此为从前所无：盖现在香港以紧急时期而特布之新办法也。午餐时，每人赠旅客姓名单一，可折之为小册一本，印入到达各地旅客（香港马尼剌等）之姓名外，有船主及船上重要职员姓名，总统轮船公司之各地支行，及航海之专门名词释义，此为他船所无者。

下午致楫君一函，至旅馆方写定。

船于六时靠九龙码头。香港政府自去年公布移民律以后，检查颇严，船靠定，即有移民局及医生上船检查旅客入境证、防疫证及护照（西人）等。须待全体检查完毕方可离船，故直至八时十分始启门。所有接客者均不许上船。与心齐等登岸后至船埠第一道栅外即闻中国旅行社穿制服之人叫舒某及王某之名，谓受陆林根君之托特来接行李者；并谓旅馆已定妥，我寓雅兰亭，王藤寓洛斯（Ritz），当将行李单交之。行至第二道栅口，由警察将船上所发之通行证收去。出栅即遇林根与蔡同庆君，我同蔡赴雅兰亭，王等同陆去洛斯。

雅兰亭为新辟旅社，在弥敦道西之么地道

（Mondy Road），四层洋房，完全为公寓式。当至二楼看房间，初看七元半一日（速食，均西菜，连午茶四顿）者有凉台而无浴室；后在三楼看定十九号有浴室之一间，定价为每日十元，现售九折，住一星期以上日取八元，一月二百二十五元。遂即租定。房间高爽，面积亦大，连浴室当由四方丈。一切设备均西式，有沙发二，衣柜二，写字台一，茶几三，地毯二，电灯四。惟无热水，而在浴室中设自来火热水炉，如盥洗需热水或饮料需开水，均得自煮。但数分钟即可有开水用，故不甚麻烦。同庆九时去后，即自煮水沐浴。当电伯鸿告以行程，并约明日上午晤谈。

三月三十一日　星期一

午前七时半起床。日来香港颇凉，室内只六十二度。故昨日睡不甚适。遍读各报无特殊消息，惟英印军开抵新加坡，在远东局势中稍带重要性耳。

早餐至食堂会食，颇整洁，菜亦不坏。食麦糊、牛肝、火腿、鸡蛋、吐司等。十时半，雇汽车去伯鸿寓。彼夫妇均有病容，其夫人尤甚。其子女均在校，而车夫又他就，故外出之时间极少。

下午二时半乘三路公共汽车赴分厂，不知道路，在途中见有 Hwa 及有限公司英文字样即下车，且直入其内寻同庆。但是一切景象有异旧观，以为系去年有所改造而然。由门警携名片入内甚久，返谓无同庆，且询我访何公司。告以故，则谓系香港船坞，再谛视之，则其英文招牌，确为香港船坞公司。询以中华何在，彼谓当在左近。乃出门右行直至海滨，并无分厂，再回至下车处，仍乘三路车前行。再经四站方达分厂近旁。晤同庆将致叔辰电发出，并批他处来函数件。午前曾电寻瑾士，谓赴港。下午四时，瑾士来电，谓即由港返厂。未几即到，谈话间略悉厂中工作情形。

五时下办公室，心齐、克勤、林根均在室外，与开甲等同至王之寓所洛斯，并于开甲处借沪上影印之西书三种。七时同去桂园晚餐。心齐年独长，但数小时滔滔不绝，所讲军政商之故事每为他人所不易知，尤饶趣味。其精神之矍铄诚足羡也。

四月一日　星期二

　　下午二时去香港分店。分店于二月由皇后道六十九号新迁至五十号之陆佑行，门面阔十九呎，因底层高近二丈，故间七十呎为阁楼。阁楼分为临时栈房、会计室、经理室、会客室。进门之左邻为电梯间，其临街之前段约二十呎深、十六尺宽之阁楼亦属我有，设临时图书室兼客室可兼作会议室。设备颇精。房租每月一千八百元港币，加栈房及宿舍二幢二百八十元，连薪工伙食电灯等每月开销约三千余元，每年须有三十万营业方可过去。就近两月计算，门市不过每月万元，尚不能敷开销也。不过地段好，店面堂皇，在广告上或有效用耳。

　　与健庐、子展闲谈时，得悲鸿自新加坡三月

二十三日来信，谓在星展览得国币十余万元，概捐灾黎，且将赴美，欲印书若干，由其本人出资，当复允照办；并函达廉铭附去原函请其办理。又致楫君一函，告以定十九日起行返沪。

据子展言，香港浅水湾旅馆只要七元一日，食宿沐浴在内，比现寓尤廉，当电伯鸿决定一二日后移居该处，静息数日。六时返寓，大公晚报载上海煤球昨日陡涨至十四元一担，沪上同人生活当更困难，为责任心之驱使，颇为不安。

四月二日　星期三

大公报载前月上海物价指数达六七九.九九，较二月又高七十八；法币一元只值战前之一角四分一厘七毫。

上午十时去厂参观新购之橡皮机，该机每小时可印五千至七千张，较旧机速三分之二，大电机亦开工。此两部工人不到百人。所谓机器与人争生活也。四色大电机现虽开工，但只能印两色。

下午六时同健庐去九龙支店，计门面两间、同事七人，主任为余锡恩；房租百八十元，日收数十元，可勉敷开支。

四月三日　星期四

午前开甲约来午餐，便谈保安事。

下午二时携行李两件（一大件存雅兰亭）渡海赴浅水湾饭店。登岸即雇飞星出差汽车，共驶十五分钟，计二元五角。到店由门口侍者将行李携至大食堂，再去办公室，签姓名后即入预定之三二五号房间。

浅水湾酒店为香港大酒店之联店，位浅水湾之山麓。山在海滨为半抱形，中有三峰，两旁各有数小峰。酒店即在三峰之下。进门之处为一字式大平房，中间为铺有地毯之过道，两旁为食堂，可容数百人，设备堂皇，有类宫殿。食堂与大厅之里进为办公室及客厅。客室在厅左右，依山势之高低而建一字略屈之楼房。其右第一段为一楼，依次为二楼三楼。上楼有一大会客室，经一部分一○若干号之客房，再经一长廊而为二○若干号之客房。再折上一楼，其建筑略与以前之屋呈丁字形，而为三○若干号之房屋，即三楼，实则所谓三楼者依地形高出一层，与前座均为两层楼房也。靠右只有与左边对称之一排两层楼房，无三楼，盖为地势所限也。三二五号窗对石山，其下则有甬道入二楼后之大花园。三二五号之对面亦为客室，面对大海，单房每日取费九元，对山者则取七元。入室未几即由办公室送来公函一件，内附由此至香港大酒店之来回开车时间表及免费乘车证一纸；又食堂时间表一纸，洗衣价目表一纸。食堂时间早餐为七时半至十时，午餐十二时半至二时半，晚餐七时半至十时。车行时间每日开行十四次，星期六，星期日及假日开十八次，故往来甚便。八时赴食堂晚餐，国人仅我一人。照菜单所印，晚餐为五元，早餐两元半，中餐三元半，午茶一元半，共十二元半，而全日连食只取七元，且有免费车票，可称至廉。七元之单房，两间共一浴室，但热水常备，清洁与清静尤属难得。全店不过客房百余间，而茶室花丁及职员亦百余人，水电所费亦甚大，且全年只有夏季营业最佳，冬季少住客；约为计算，亦殊无利可图也。伯鸿多年前曾居此若干日，据云每日需二十余元，去年亦需十余元。今年独特别廉价者，以香港政府去年命令其本国人民及妇孺疏散，英美两国又不许非事务上必要之人来远东，因而住客特少，故特别减价。但国人来居者仍极少；以此间远在市背数十里，依山临海，有如乡野，虽设备甚佳，但非习静之人则觉其过于寂静而不能享此清福也。

三时半假寐半时，四时先至住室前之坪台上遥望海面，水平如镜，惟数小渔舟在正对面之三数小岛旁往来点缀其中。未几由正门之石级下至沿海滨之丽都冷饮场旁入海滩。从前来此，海滩一无障碍物，任人自由来去。今年则沿滩均置铁丝网。只有数小道可入水滨，因湘等欲集贝壳，乃沿海滨漫步一时余，捡得贝壳及小石子积一小巾包，明日为儿童节，可以此为诸孩之礼物也。六时返寓，八时晚餐。餐后下至大路旁之石砌静立多时。半月当空，时为云掩，有如美人含羞，以巾掩面者然。而店后群山与海中小岛于朦胧月色之中显成黑线与黑点；海上之探照灯时发强烈之白光一道，渔舟遇之，其形毕显；路下之汽车，时发咤咤之声与路旁草中之蟋蟀（本为春天，但有蟋蟀声，花卉则桃菊争春，亦奇观也）声相应和。酒店与丽都之灯光，更指示寂静之山海中有闹市，实一幅天然图画也。流连夜景，思潮万端。初想到如此良宵美景，恨不能与楫君共享受；继想到大好河山，本为我有，然而国人不知宝贵，不知经营，百年前固属荒岛，自经割与英国之后，经其锐意经营，现在不独为良港，为要塞，而西方之一切设施与享乐亦移植于此。在此孤寂山海之间，能使习静者乐于静而能安于静，则政治修明是其主因；如在他处，则路劫时闻，即有如此设施亦不能供人享用；即有人来此，于心亦不能如此安舒也。又想到，现在世界风云变化万端，一旦太平洋发生战事，此处能否保持旧观殊成问题。我到香港已六次，虽曾来此游览数次，但从未寄居于此；今日独居此间，与洋绅士同等分享一切，可称机会；然而想到地本我有，今竟托他人之福享此不必享之福，内愧而外，且感愤慨。更想到行年将五十，自己欲作之事百无一成，欲写之书无一完毕，而犹碌碌于生活。儿女虽成行，但离自立之期尚远；须发尽白，恐仍不能不为生活忙而不能安心于我所要作之工作。而且生活日艰，此后精力日衰，即使终日烦忙，恐亦难维持子女辈适当之生活。至于国难厂忧（公司现在在经济上虽可过去，但太平洋发生战事即将不了，即无战事而人才之缺乏，战后复兴亦大难事），更时时萦扰于心。想念及此，真是忧心如焚，栗栗危惧。

四月四日　星期五

　　昨晨热至七十六度，睡不适。早七时即起，八时早餐。酒店为西人订英文《华南早报》，为国人订《大公报》一份，故山居犹知世事。（昨日《大公报》载有黄炎培通信，谓韩国钧犹健在，此前自杀之说系误传）。见报载宏与行今日售鹧鸪菜，有赠品，乃电健庐代购四元，指定一元五则取象牙弥勒佛一个，一元二则取女孩衣衫一件，一元则取望远镜一只，三角则取小赛璐玩具三件，备携沪为儿女礼物。并请代留《国民日报》及《南华日报》备返港取阅。

　　清晨即闻山林鸟声，而画眉之啼声尤佳。此鸟在故乡为常产，幼时曾畜养若干时，常驱之使与乡人所畜者斗以战胜负。胜则雀跃，败则丧气，其情绪颇似自己与人决斗者然。今则转眼已是三十年前事。虽居宁沪亦曾见有售此鸟者，但从未购置，近则所畜数年之芙蓉亦由湘取去，久已不闻鸟声，更久不闻山林之画眉声。今骤闻此，童年生活，宛在目前，而须发则已斑白，故乡生活，固不可再复，为生活故，静听鸟声恐亦难多得，故为记之。

四月五日　星期六

昨夜又热至八十度，终夜不曾睡好，晨起仍热，询侍者有无面海之空房，则谓须询账房间。正早餐时管理员即来言谓将为我换房间。询其是否面海，据云然；询其价格，谓一日九元，一周则每日八元。食毕回室，则正由工丁移至楼下之二二〇号，窗正对海面及花园。室较三二五号为大，有两床两椅一写字台一梳妆台，两衣柜，单人双人沙发各一，且有独用浴室，可称奇廉。当电伯鸿，彼亦颇以为异。此室空气流通，隔窗眺望，风景宜人，而花香鸟语，仍一样可以闻听。惟外加两种声音，即涛声与车声，但均相去甚远，不觉喧扰。故决定再住一星期，至十三日方迁回九龙。

日间闷热，下午五六时之间尤热，室内达八十四度；而八时以后起风，温度随降，至十时则已降至六十六度。

二月间湖儿有信提出问题十余则，大半为一般青年之问题，久拟复之而无暇。今日以全日夜之力写成七千余字，但尚未完。

四月六日　星期日

今晨起室温降至五十六度，与昨日下午相差二十八度，故将所有衣服穿上而尤觉寒。十时健庐来电谓有信在店，且有张女士者，于昨日至店要会我。乃于十一时乘旅馆汽车赴市，二十五分钟即到香港大酒店。当至店，则有同庆送来《高教季刊》之校稿及九如一函，内附致梁光女士函，请其将《大公报·妇女周刊》之稿费交我为之代购手表。当将附函交健庐饬人去梁处收取。

十二时过海赴伯鸿寓，则黄秀峰及开甲、瑾士均先在，未几克勤、心齐、林根来。伯鸿今日宴客只此数人，故其夫人及子女均入席。菜为香港大华饭店承办，寥寥十数样（小盆多于大件），十一人食仅可饱，但所费已是三十元。加上汇水，较上海不只贵倍莲。

三时去伯鸿临街之弥福道四号访庄泽宣，谈时余。彼现教中国近代史，对于新史观颇有见地，在教育家中不可多得之人也。四时半返港，因下雨雇汽车至尖沙咀，过海再在店取报纸等（嘱其每日为留《国民日报》，《南华日报》各一份）。则有张霞如女士者留条谓邬一先有函托彼晤我。平时在中国银行存款部，晚间在女青年会十一号房，但电寻不得。于六时返寓。夜继复湖函二千字，仍未完。

下午七时黄秀峰来电托询此间长住价，谓除星期六星期日及假日外不寄午餐，可否再减若干，洗衣费若干，将来加价时可否以常住不加。当询司理，据谓面海房位单人日九元，住两人十五元，一周则为每日八元及十四元，每月则为二百元及

漫游日记

三百七十五元。洗衣费每人每月十五元。不论寄午餐或全不寄餐均不能减让。询以可否在香港大酒店寄午餐，亦谓此为五六年前之办法，现在不行。并谓此处在二十七八年间，我现在住之室，单人每日二十元，包月七五折，前月亦是论日十六元，论月四百元。现在减去一半，实不能再少；因旅店付厨房之伙食要五元，每月即是一百五十元。余五十元不敷汽车及水电之开销，房间可算送住，所以不能再少。但是星期尾（即星期五下午至星期一晨）只收二十元。至于将来夏季后加价则现在不能预定不加或照加，大概总可便宜一点云。当电伯鸿、瑾士询黄之电话均不知，只有明日下午俟其来电。

四月七日　星期一

　　昨日因在九龙受寒（较香港风大而凉），夜十一时半沐浴，水又太冷而更受寒，以致昨夜睡不适。晨起洗热水浴一次，热至发汗，早晨后又静卧时许，始稍舒畅。

十一时半健庐来电谓张梁两女士均有电话来，要于下午三时至店会我，告以须去伯鸿处，不能返，请其代电二人，改于五时半在店晤面。

下午二时起行赴伯鸿寓，三时方达。因五时前即须起行返港晤梁等，故仅谈一时余。

下午五时三刻张霞如女士来谈一先有若干稿件拟寄沪，嘱其送分局代为设法。未几梁光（淑德）女士来谈一时许。彼为曹亮之夫人，粤产而学于沪江大学，故能沪、国、粤、英四种语言。常识颇丰，谈吐亦好，现主编中国妇女会所办之《妇女周刊》，且每日去妇女会办公。约定星期四上午同其夫去浅水湾饭店畅谈。七时半返寓。今日报载巴尔干发生战事。

四月八日　星期二

午前正复湖信，约十一时，庭梅忽来。谈保安及彼个人情形至下午一时，即约彼在此午餐，于二时同车赴先施公司，为九如换一威来游泳表；因梁女士谓有稿费三十余元，可为购一较好之表，终身应用也。又为湖以四元五角购一手表。出该处至店，得楫君二十九日之函，五时返寓。今日下午本约去伯鸿处，一时半彼来电谓午前余某至其寓谈三小时，疲倦异常，请改于明日去而止。夜将复湖函写毕，已十二时。共有一万四五千字，为致孩子们信中之最长者。彼现在虽不能尽懂，但所问者均为青年之一般问题；将来发表，可以供一般青年之参考也。

四月九日　星期三

午前将复湖之信校阅完毕，又致楫君一函，均交酒店挂号寄去，下午二时赴伯鸿寓谈至六时半方起行返寓。

归时在某西书店购得《五十独幕剧》一本，费八元二角五分。

四月十日　星期四

晨大雨,但九时后即停止,惟气压颇低,不舒适。

八时,伯鸿来电,谓今日下午有他事请改于明日去。因午前约梁淑德来,恐谈话太累,今日不谈,正合我意。

午前校《二十五年之高师学生生活》未及半,已十一时,梁同其夫曹亮来访,曹为湘人,年三十余,虽矮小而身体极好。常识亦丰。谈国际事国内事井井有条,见解亦正确。而于国内政治界之情形,尤熟悉。二人在此午餐,三时方去。

梁等去后,午睡一时,为近日所难得。四时起将稿校毕。五时半去分店得绍华信,当复之。并致楫君两纸,告以九如之事。六时半即返,夜饭后在饭店左花园静坐半时,复至前马路下之荒草地徘徊多时。

想到文人生活真太困苦,其原因是由于不会赚钱而善用钱。所谓不会赚钱,一由文人大抵恃月薪或写作为收入，此等职业，平时可供温饱，有事则食不能饱，衣不能暖；因生活指数上升而月薪与稿酬不能随之上升也。二则无商人之技巧与识见以谋利，三则要保持士大夫身份，虽为生活压迫，而仍要显示清高不愿如工人之明白争斗，惟在暗中求怜也。

巴尔干战事消息，德军进展颇速，昨日占萨隆尼加，南斯拉夫与希腊两军间之联络已被其切断。

五月十一日　星期五

午前十时半起行赴市，十一时至皇后戏院看中央电影厂摄制之《新阶段》，计映一小时，座价为二角、三角、四角；因其为宣传片，且为午场，故取费特廉；通常为八角至一元六也。由余仲英编辑，罗学濂监制。其说明书计分九段，末附新闻片四本，最末为国歌。剪裁尚佳，惟光线均感过度，故反差不强而白色太多，令人生疲倦之感。配音亦太简单而不清晰，歌声既少，歌词且听不清。此均为技术不如人之处也。惟自战事发生而后，看本国新闻宣传片此为第一次，故感动颇深。

十一时五分出戏院，至德辅道钟表店看表，虽称特价，但仍不能廉于先施。十二时至加拿大餐食室叫面一碗为午餐，费五角。此来未食中国面，故思一试；但不够饱，如添一碗又太多，遂亦听之。食后去分店稍息，嘱店友购《时事解剖》创刊号，及《国际通讯》四十三期各一份。二时半去伯鸿寓，三时到，谈未几，瑾士、开甲同唐长庚来，五时方去。与伯鸿再谈沪上生活情形。

四月十二日　星期六

午后二时半起行过海，为经济时间计，约保安之汽车至尖沙咀来接。三时一刻至分厂，与同庆处理数事，四时十分去保安，先与庭梅在其经理室中晤谈。办公室现移至第一进之左面，设置颇佳，经理室尤佳。

七时恒丰由王心齐、滕克勤、陆林根具名宴客，伯鸿未出席，由我与铭中同去。七时半抵大华，计两桌二十余人，中华占一半。九时乘六路公共汽车返寓。沐浴后独至花园静坐至十二时后方就寝，冀其有月而卒未见，惟遐想与楣君在草地共同赏月耳。

四月十三日　星期日

十二时健庐、子展兄弟来，当同去海滨一转，于一时十分返店午餐。今日午餐有特别音乐，时间自一时至三时，乐师五人，钢琴一、提琴二、采罗一、管乐一，在大厅之音乐台演奏。正对音乐台设有案，置烧烤牛羊鸡鹅及腊制品若干种，厨子在案旁司割切，客人可自选各品。因有音乐会及特菜，故取值较平时加五角而为四元。单食菜单中之冷餐要二元五角。今日为耶稣复活节中之星期日，故特备盛馔及音乐也。

饭后结账，十日所费共一百〇三元余，盖客饭五顿费十八元五角，电话洗衣报纸（《大公报》开账每日一角，实则零售四分，每月一元；电话每次一角）数元，本人房饭只七十八元。临行时付食堂房间小账五元，苦力、门童各一元，信差四角，上车时，门警亦要钱而车已开未给。因雇酒店之汽车送至尖沙咀，又给车夫两毛。此种外国酒店，侍者分工细，临行时送行者成排，表面为客气，实则索赏钱，不过不如上海茶房之先行讲定盘子耳。此次十日连去时汽车费共约百三十元，合国币六百元，个人零用尚在外。以国币而在港生活，殊困难也。

三时健庐同过海，回雅兰亭，住其二楼一六五号，与前此所住三楼十九号为上下层，惟此室有两床。因系老主顾，每日减五角为七元五角。但与浅水湾相较，则昂贵不止倍蓰也。

行李安置毕，即同健庐去看王心齐。王近病，现已愈，惟体力未复耳。瑾士、开甲等均在克勤室中。瑾谓蔡禹门亦来港，寓国际，乃同往访之。蔡年六十余，须发尽白精神矍铄，此来为与其三女婿团聚也。

五时返寓，电伯鸿告以今日甚倦，不去谈。在室中休息三时余，睫欲交而不入睡。八时晚餐后，独去漆威道（Chatham Road）公园散步。因南国天热，入晚在公园散步者甚多，虽有座椅，但均为人先占，乃沿疏利士巴黎路（Salisbury Road）至海滨，再入弥敦道（Nothan Road）而回寓。初本拟去景星戏院看卓别林之《大独裁者》电影，以时间不和而罢。在街上遥见月光如圆盘自海上冉冉上升，对于浅水湾忽怀遐想：盖初去数日有月而不圆，前昨两日月近圆而无月，今夜月圆，如在该处，当可细赏其自海崖上升之美景，但又已离该处，所遇合不巧也。但如今晚果在该处，对于月亦未见得特别留意。（昨夜曾独在花园坐至十二时后冀其有月而卒无，不得已始就寝）。人生之矛盾每有如此者。

四月十四日　星期一

晨看报悉日苏于昨日三时再莫斯科签定中立协定，即他国成为第三国之军事目标时，另一签字国于战争期中保持中立。期限五年。详细条文虽未宣布，但影响在远东及世界者当甚大。

午前九时去香港商务书馆访王云五、李伯嘉两君。下午三时去伯鸿寓。

四月十五日　星期二

午前十时周尚来谈多时。同庆报告船票已无问题，惟须十八日方能取票。

六时从伯鸿寓所出，直赴曹亮（如璧）梁淑德夫妇寓中晚餐，因其住坚道四十四号，从未去过，故渡海即雇汽车去，费六角。实则即在皇后道后面，由皇后道直上颇近。在座有林康侯及其婿杨君与孙传芳之子与陈瑞英女士及又一粤女士。菜甚丰富，有鸽两道、鸭两道、鸡一道及鱼虾蔬菜等，即材料费亦在二十元以上也。林年六十七，精神矍铄，望之如五十许人。言谈颇有风趣，据云住在雅兰亭已七月余。八时半返。

四月十六日　星期三

早九时约定王志莘、孙瑞璜明日在香港格乐斯打八楼午餐。

下午二时半去景星看卓别林之《大独裁者》。为对希特勒之讽刺剧，在沪不许演。但除笑料外，与事实相去太远，平常之作也。

五时去伯鸿寓，出席保安董事会。

四月十七日　星期四

午前十一时赴分店，得楫君七日函，当复之，又致吴俊升一函商《高教季刊》事，交由同庆录稿寄去。一时在格罗斯大酒店八楼应志莘之午宴。

三时半云五、伯嘉、黻卿来，四时伯鸿到店，共商上海营业问题。

今日香港举行灯火管制，自六时四十八分日落起，至十时止。故各店均五时半休业。我等谈话亦于五时半停止，当与伯鸿同渡海。六时四十八分后街灯不开，曾于七时后至尖沙咀闲游，见公共汽车、轮渡与私人汽车仍照常开行，惟灯光减至极小，仅前后各有如豆之光。侦察机轰轰在天空飞行，探照灯四处照探，且时有高射炮声。各住宅窗上均以黑布遮蔽不露光于外。旅馆客室之大灯泡取下，小灯则以黑布罩围之，并将厚帘拉拢。食堂各窗均遮蔽，但内部则光明如平时。其他各公共场所亦如此。故《星报》有讽刺小言一段颇有趣。剪下。

"今日灯火管制演习，起于六时四十分，至十时即告终止。

某小姐云：最舒服之'避难'计划，乃在六时三十分入香港大酒店晚餐，继入皇后看七时一刻场之'新月'，即毕，则或入舞场，或过娱乐续看九时半场之'蛮女撒娇'，至十一时兴尽而归，则演习早已完成，'成绩至可满意'矣。"

四月十八日　星期五

晨八时庭梅即来，十时方去。

下午三时去伯鸿寓，谈账务及股息花红等问题。六时半同瑾士过海，赴德辅道大同酒家应商务李伯嘉、韦黻卿之约，九时返寓。

四月十九日　星期六

晨由店派人将随带之文件书籍送检查。早餐后去小书店购英文书二册，《粤语举要》一册，因来港多次，语言不通颇不便；购此稍阅，将从无线电中练习听觉也。昨晨购得前年出版英人等医生所著之《自然避孕法》，根据科学研究甚精，文字浅明，图表甚多。

午餐遇叔明，据云十五日方自美归，询以美国情形，谓对于军事准备甚力，对华之观感亦佳。约明日上午十时去伯鸿寓再谈。

上午致朱复初、楫君各一函，复歌川一函。

四月二十日　星期日

十时去伯鸿寓，途中遇雨。闷热异常。至彼处，室内热达八十二度。未几叔明至。谈一时余。悉彼此次赴美系与其妻舅达卿陪其丈人叶琢堂先生医病。叶现年六十九，患肺癌，病状为大吐血与气喘，病象为肺部溃烂，在中国无办法，到纽约亦无办法。卒至波斯顿某医院开刀，将右肺割去两叶医好，据云医生之手术甚高明，彼之抵抗力亦强。此后至少可再活五年。

下午过海购鞋一双，计二元五角，较沪好而廉。

六时约志莘及孙瑞璜来谈，十二时在厂取得船票，船名柯立芝总统号，二等美金三十五元，计港币一百四十五元〇八分。舱位一五七号 A，二十二日上午九时半开行，行李须于七时半送船坞检查。

四月二十一日　星期一

午前九时半起，大雨如倾盆，热达八十二度。雨至十时半渐小，十一时全停而现太阳。雨最大时，街道每积水，但停止未数分钟即可行走。十时三刻雇人力车赴尖沙咀，费一角五分，平时一角已足。渡海至新华储蓄银行办事处：该行在太子行之楼上，因无招牌，四寻不得，最后询某船公司始知其即在德辅道电车旁，当晤志莘，相与谈现在青年问题：彼谓现在职业青年颇苦进修无办法，修养上因无人指导而因环境之引诱以致无故被牺牲，故拟办职业青年互助社，令入社者各出费若干，有必要时在经济上相助；更于业余聘事业接、学问界前辈指导。以期作育事业上之人材。我谓政治不上轨道，一切都无办法。若果互助社有成绩，则政客要设法利用，结果不独社不能存在，主持者且将发生危险。我告以将就个人能力所及为青年写几本有关人生问题的基本书，以期读者个别受益。十二时去店遇克勤、长庚，谓旅行社将于下午二时取行李。坐未几即渡海。

　　下午二时同庆来电，谓旅行社因今日轮船进出口者多，人手不敷支配，无人来取行李，欲我雇车同带行李去。本人须俟检查毕，方可离开。并谓船于明晨七时开，今晚九时须上船。以曾约定三时去伯鸿寓，不知检查何时方毕，嘱其另派人照料。彼乃约中华运输公司之陈君来。陈谓自四月一日改订新章后亦不曾代客运送行李，不知能否代劳，姑试之。未几彼之同事又一人带两苦力来，将行李肩去，我们则乘三路汽车去。至尖沙咀，则见沿街之行李堆积如山，旅客力夫已有数百，而大汽车与人力车及肩扛行李者仍络绎而来。而行李房之门甚小，两扉不到四呎，但只开一扇，由二英人四印人把守。

因人众物多，拥挤不堪，秩序颇乱，费十数分钟将行李所在地寻得，但无法运入。陈颇机敏，当我等在外徘徊硬挤时，彼谓在外等候半日亦无办法。不如我以旅客身份，彼持码头通行证，从通码头之大门入内，再至行李房，立在门内，俟力夫扛挤至近门处，即为接下，免因内部无人接应而被门警赶回。其策果效。在大门口出示船票及通行证果得入内。进门数步，不直趋船坞，而右转入码头之五十一号栈房。则为一大空房，检查者及行李房职员与力夫二十余人而外，旅客不多，行李更稀疏。转至门口，等十数分钟，行李始由原来之力夫肩至门口，即由陈及我分别接入。检查颇简单，只略一翻阅即签字。但有时亦甚麻烦。检查毕，付办事处力钱二角，行李即置之栈内，由其负责送入船上之房间。但我等自到该处至检查完毕，已整整费去一小时。弄到周身汗透，若无陈君带有三人照料，且得其机敏与语言之助，则不独无办法，行李失去亦未可知。故陈君临行时，嘱其运费向厂算账外，并强给以车费。

为欲确知船之开行时间，又亲至船上办公室询问，则船之起碇时间为明日中午，旅客须明日九时始可上船（依规定旅客只可于开行前一小时上船）而我在雅兰亭之账已结，只有去伯鸿寓晚餐后再作计较。

五时至伯鸿寓，心齐、克勤等先在，为辞行也。未几彼等去，与伯鸿谈公私问题。

十时出伯鸿寓，至洛斯酒店克勤处，在伯鸿寓约定今晚至该处寄宿，因彼及心齐、长庚均寓该店，可腾房一间与我而不必花费也。

四月二十二日　星期二

今晨温度已降至六十八度，又感凉。七时起将账目结清，计二十二日，用去二百五十余元，除自己购物及零用外（因保安有旅费百元，故零用未开账），房膳费二百三十八元三角，书费二十元〇一角。前支店三百元，将账单及现金四十一元六角封就由康际增代交健庐转伯鸿报账。又致同庆一函，告以《教育季刊》之校稿在伯鸿处，请其遣人去取。又附致楫君报归期电稿，请其代发。

九时早点后，因凉先上船。此船为美国总统轮船公司之新船，毛重二万余吨，较加拿大皇后号大体相埒而略小，其最上层为瞭望台，第二层为船员室，第三层为头等客之起居室，据其铜牌所示，绕该室八转为一英里（坎后七转），第四、五、六层为头二等客房及食堂与二等起居室，第七八层为三四等客起居室及货舱。头二等起居室之设备虽甚佳，但不如加后之堂皇。各等客室之界限颇严，头二等之门亦关断，惟可从医生室交通耳。因货物特多，至下午二时半方开行。去沪为逆风，恐须二十四日晚方可到，故在船电开甲请转告同庆将电报改为下午到。并电伯鸿、健庐等辞行。

因楫嗜巧格力糖，上船时特为购一小包一小罐，费二元。午餐后睡三小时，至六时方醒，因日来疲劳，昨晚又睡不适也。船上饮食颇佳，水果尤好，所有侍者均系美人，此为与坎后不同者。同船之熟人除克勤、心齐、长庚外，有前次同去之陈金庄律师、项康元、孙洪芬、陆林根等，故颇不寂寞。晚餐后有电影，但未看。

四月二十三日　星期三

渐北行渐凉，今晨只六十二度。船之通风设备甚佳，故室中虽有四人，但不觉得闷。惟室不大，床为双层，我居下层，面对远窗（一五七号为内层客室，故通船舷之窗为经过外层客室之夹长道）尤为舒适。同室之三人，一为皖人，语言可通，其他二人为粤籍，则惟有用手势示意耳。六度赴港均未能学习粤语，此次购得《粤语举要》归，拟从无线电中习之。

自昨夜起改为上海钟点，故八时早餐实为七时。风和日暖，虽系逆风，但因船大底平，极为平稳，午前午后均在甲板上散步多时。

昨日及今日之余暇看冯友兰之《新事论》。著者读书可称得间。

　　午前与陈律师谈赠与问题，彼谓财产尤其不动产之赠与必有赠与证件及收益与管理权之移转，否则无效。下午长庚谈牛奶花生养鸡法，谓购乡下之鸡用牛奶花生养七天，可增重十两，喂时须不令其多运动，每日喂三次，每次二十分钟，但初来之一日只给清水，不可喂食物。过七日太肥而不再长。彼谓照此法，战前计算，每鸡费食物二角，可赚一元，因肉肥嫩而价昂于普通鸡也。彼初拟以十万元经营此事，后以战事而止。

　　据布告，今日正午，已行三百六十四哩，因昨夜提早一小时，从昨日下午二时半起计算，实走二十小时又半；每小时约行十九哩，尚余四百四十哩，约需二十四小时，则明日下午一二时可到沪，三四时可登岸也。

　　夜九时半茶室开跳舞会，有乐师六人奏舞曲，但跳舞者只一美国青年及两少女耳。舞前有多人玩苹果，惟出子不必摇，而由用纸糊留一洞之旧罐头中摇动倾出。烟室有吃银角老虎两只，一投五分美金，一投一角，见两人于十分钟内各输五元。所谓赌者专门为头家送钱耳。但因一可赔三至二十倍，故受诱者不少。实则从常识看来，若赌可赚钱，则聚赌者可发财，而其他事业亦无人干也。

夜念楫不置，为之写两千余字一函，备明日面交。

四月二十四日　星期四

昨晚因同室者畏寒，将通风筒掩蔽致睡眠不适。早餐时，食堂主任报告下午一时可到上海，故午餐改至十二时。但十二时到吴淞口外，停轮而不能开饭，候海关医生检疫。十二时半，医生到二等室之大厅，只将各人霍乱牛痘证略加阅览，十数分钟即毕。一时午餐，三时始在浦东其昌码头外停定，三时三刻小轮渡始开赴新关码头。因此次客人及行李均多，共开两小轮。四时十分到新关。但因行李在另一船上，至四时半方将行李候到。适恒丰有人照料，当即清出检查，雇人抬至云飞车站。前月赴港，汽车每二十分钟尚只三元六角，连小账四元。甫隔四星期，现为四元六角，连小账五元，计涨百分之二十五。五时返家，查阅报纸，则米业停市，暗盘粳米为百二十七元，洋米二号西贡为百二十五元。煤球为十六元一担，其他各物，无不涨价百分之二十至五十。

此次来回均乘美国邮船，虽为头二等，但绅士风气远不如英国船。二十七年乘坎拿大皇后号头等舱时，每食必有乐队奏乐，晚餐必着礼服，且极肃静。美人则甚自由，不独不着礼服，无乐队，且笑语喧腾，略无顾忌。惟饮食之丰富与浪费则英、美相同：盖每菜一道可饱一人，而每人食四道五道，大半均略尝而止，余渣均倾之海中也。

漫游日记完